Salvo Gallo

Il 1° viaggio di Merlino, il Mago

Questo libro nasce da un'ispirazione di mio figlio Mattia,

amante di storia e di genere fantasy. Senza la sua idea, il suo

entusiasmo, il suo insistere, la sua forte volontà,

questo racconto non avrebbe preso piede.

Lavorando di notte sul testo, lui stesso ha sempre osservato

quello che scrivevo, l'abbiamo rivisto, riletto, apportato

modifiche a suo piacimento, insieme,

come una grande squadra, l'abbiamo realizzato!

Dunque il libro ha una dedica speciale.

"Non dimenticare mai che l'amore che provo per te è come il

vento: non potrai mai vederlo, ma potrai sempre sentirlo…"

Ovunque sarai. "Ascolta sempre il tuo cuore".

A Mattia, con tanto amore!

Titolo | Il 1° viaggio di Merlino, il Mago
Autore | Salvo Gallo
ISBN | 978-88-91186-91-1

© Tutti i diritti riservati all'Autore
Nessuna parte di questo libro può
essere riprodotta senza il preventivo assenso dell'Autore.

Youcanprint Self-Publishing
Via Roma, 73 - 73039 Tricase (LE) - Italy
www.youcanprint.it
info@youcanprint.it
Facebook: facebook.com/youcanprint.it
Twitter: twitter.com/youcanprintit

Il 1° Viaggio di Merlino, il Mago.

È una nuova saga del fantastico mago

divisa in tre tomi.

Il primo racconta la storia di Mago Merlino,

dove incontra maghi, cavalieri, fate, folletti, draghi,

e altri incredibili personaggi che popolano l'universo fatato,

come sirene, angeli, Anguane, Dracula, re Topolino,

Gandalf, Silente, Voldemort,

fino alla battaglia finale:

lo scontro con il mago di Oz.

Indice

Introduzione

Merlino, l'incantatore, non ricomparve mai. Una leggenda narra che il suo spirito vaga nel vento tra gli alberi della Brocéliande, pronto a pronunciare le tre parole magiche che risveglieranno il mago dal suo sonno, nel momento preciso in cui la Bretagna avrà bisogno ancora del suo aiuto.

> *O Merlino, nella tua grotta di cristallo*
>
> *Immerso nel diamante del giorno*
>
> *Esisterà mai un cantore*
>
> *La cui musica attenui*
>
> *Il solco tracciato dal dito di Adamo*
>
> *Nel prato e nell'onda? ...*
>
> Edwin Muir

Un albero segna l'ingresso alla tomba di Merlino, dove l'incantatore riposa per l'eternità. Sui suoi rami, uomini e donne appendono fiori intrecciati a foglie e nastri colorati, per chiedere un incantesimo d'amore proprio a quel mago che perse tutto per amore.

Brocéliande.

Un nome melodioso per una terra immersa nel verde, dove ogni albero, ogni specchio d'acqua ed ogni pietra raccontano di amori e di incantesimi.

Dove Merlino, ormai un vecchio dalla barba bianca, incontrò la bella e dolce Viviana, se ne innamorò e rinunciò ai suoi poteri per la fanciulla dai capelli neri e dagli occhi grigi, trasparenti come le acque della Fontana di Barenton, presso la quale egli la vide per la prima volta.

La foresta di Brocéliande, foresta sacra agli antichi Celti, foresta dei Cavalieri della Tavola Rotonda e scrigno del tesoro delle leggende bretoni. Essa infatti rappresenta la selva che vide protagoniste le leggende sorte intorno ai Cavalieri della Tavola Rotonda, la magica Fontana di Barenton e la Valle senza Ritorno.

Brocéliande si svela tra un luogo magico e l'altro.

A Comper, che nel mito fu la dimora della Fata Viviana, un castello di pietra rossa accoglie il «Centro dell'immaginario Arturiano»: un luogo per scoprire o approfondire i grandi temi della Tavola Rotonda. Tra Mauron e Tréhorentec, il villaggio del Folle Pensiero dà accesso alla Fontana di Barenton, presso cui la leggenda narra, si incontrarono il mago Merlino e Viviana.

Antiche leggende raccontano che a Brocéliande si trova la tomba di Merlino, e mito o leggenda a parte, essa è ancora oggetto di un autentico culto, dai contorni misteriosi.

A Ploermel, città dei Duchi, o a Mauron, borgo medioevale, si entra nella Valle senza Ritorno, in cui – si narra – che Morgana pietrificava gli amanti infedeli, fino a quando Lancillotto, il migliore dei Cavalieri d'Artù, venne a sciogliere l'incantesimo. In questo luogo veglia ora l'Albero d'Oro. La chiesa consacrata alla leggenda del Santo Graal costituisce uno dei luoghi più suggestivi di Brocéliande e pone interrogativi anche agli adulti più smaliziati.

Nel cuore della foresta si snoda un emozionante percorso lungo cui procedere per rintracciare i luoghi più misteriosi e inquietanti. Oggi giorno i visitatori sono ammaliati dalla visione della tomba di mago Merlino e della celebre fonte dell'eterna giovinezza, dove sarà possibile per gli appassionati, rivivere le atmosfere dei mitici racconti. Non lontano, si trova il castello di Comper, detto anche il castello di Viviana; si narra che qui sarebbe nata la fata, nutrice di Lancillotto del Lago.

La Valle Senza Ritorno è il sito dove il prode Lancillotto riuscì ad aggirare i malefici incantesimi predisposti da Morgana per fermare la ricerca del Santo Graal. Mentre la magica Fontana di Barenton, è raggiungibile tramite uno splendido sentiero seminascosto lungo il sentiero. Ma val bene una visita per i più romantici: qui Merlino e Viviana s'incontrarono per la prima volta e qui si ritirarono dopo tante avventure.

Ancora oggi Brocéliande è cantata dai bardi e dai poeti e scrittori. Su tutti ricordo Alan Stivell, che le ha dedicato un pezzo magico e dall'atmosfera da sogno dal titolo Brocéliande.

Celte fontaine, paradis d'hydromel,
Au fond d'un bois cent fois envouté,
Tu t'es noyé pour y voir la belle
Qui t'a donné éternel été.

Refrain:

P'lec'h emaoc'h c'hwi Brokilien
Viviana, Merzhin
P'lec'h emaoc'h c'hwi Brokilien
Huñnvreou pell a gevrin

Elle te conduit aux confins des mondes,
Près d'une rive aux plages fécondes
Où les rivières de vos rêves en vos yeux
Ont rajeuni l'Océan trop vieux.

Refrain

Et sous la mer, quelques algues lisses,
Monde enseveli, mes souvenirs pâlissent.
J'ai parcouru nos collines et nos landes ;
Mais je n'ai pu retrouver Brocéliande.

Refrain

Merlino racconta

L'uomo ha inventato storie di maghi e di folletti per potersi divertire evadendo dalla realtà e si è immaginato mostri e fantasmi per potersi spiegare il terrore, ma anche il piacere verso il buio, l'oscurità e tutto ciò che è incubo.

La nostra mente a volte non può capire i pensieri inconsci e nascosti che ciascuno di noi ha ed ha paura, perché non sa spiegarseli. Chiudendo gli occhi però possiamo entrare nel regno della fantasia, dove tutto è concesso; se restiamo in silenzio possiamo percepire un'insolita sensazione che dà vita ad un meraviglioso giardino pieno d'orchidee e di gelsomini, al centro del quale galoppa un bel cavallo bianco alato che repentino spicca un volo con un abile balzo.

Quando riapriamo gli occhi non resta altro che un ricordo vano ed incompreso che potremmo rivivere solo richiudendo nuovamente le palpebre.

Tutto questo è qualcosa di meraviglioso che ci incanta, ci travolge e ci spaventa.

Tra scenari pittoreschi, evocativi ed inquietanti e da una concezione della vita dominata da forze superiori ed oscure.

È un mondo che parla della nostra fantasia, ove succedono cose che non si realizzeranno mai nella realtà.

I nostri sogni fanno parte di questo mondo; essi ci mettono in contatto con *l'anima del mondo* e mettono in moto la radici più profonde del nostro essere. Ci creano inquietudine e disagio perché rappresentano una realtà diversa dalla nostra. Il sogno e la fantasia intesi come forme di percezione di una realtà invisibile, rappresentano la trasgressione a tutto ciò che è razionale e una propensione all'angoscia, al terrore, all'indefinito e all'ignoto.

«Nello specchio dei suoni il cuore umano conosce se stesso; sono essi i suoni per mezzo dei quali impariamo a sentire il sentimento; sono essi che danno a molte parti, oscure e sognanti negli angoli riposti del nostro spirito, una coscienza viva, e l'arricchiscono di nuovi doni meravigliosi» (Heinrich Wackenroder). Colui che crea, artista, musicista o poeta, ha la capacità di trasportarci nell'infinito e in mondi fantastici come un mago o un incantatore.

In viaggio con Mago Merlino nasce da un'idea di mio figlio Mattia, che ha 12 anni ed è un grande lettore di libri e appassionato di storia contemporanea. Nasce così questo introverso e inesplorato viaggio di mago Merlino, dove incontra, maghi, fate, folletti, nani, draghi, elfi, gnomi.

Inutile dire di più, tutto il racconto lo leggerete se vorrete intraprendere il viaggio con noi.

Buona lettura a piccini, grandi, folletti, gnomi, draghi, maghi…

Mago Merlino

C'era una volta mago Merlino, lo stregone buono con la barba bianca, sempre al fianco del futuro Re, per istruirlo ed aiutarlo a compiere il suo destino. All'apparenza una figura gregaria, il Mago ha sempre rivestito un ruolo chiave nella mitologia postmoderna (e non solo): non ci sarebbe stato Artù senza Merlino. Non ci sarebbe stato Harry Potter senza Albus Silente. Non ci sarebbe stato Frodo senza Gandalf.

C'è una terra dove il sole e la luna non brillano; dove gli uccelli sono sogni, le stelle sono visioni, e i fiori immortali germogliano dai pensieri della morte. In quella terra crescono frutti i cui succhi talvolta provocano follia, altre virilità; poiché quei frutti hanno il sapore della vita e della morte, e sono il nutrimento perfetto per le anime umane.

Contrariamente a quanto ritiene l'opinione corrente, le fate non sono soltanto creature della leggenda. C'è stato un periodo in cui il piccolo popolo le incontrava anche troppo spesso nel mondo reale (anche se non si trattava delle eteree creature alate dei racconti per bambini), e oggi si segnala un numero sorprendente di casi che vedono coinvolti elfi, spiriti della natura, folletti e persino gnomi.

Ci sono leggende che rimangono centinaia di anni nell'immaginario collettivo, ne nascono miti, meglio se accompagnati da un alone di mistero e magia dove spesso si scontrano le forze del bene con quelle oscure: così è il mito del mago Merlino.

Si narra che il mago era figlio di un demone e di una donna mortale, erede quindi da parte di padre di quell'arte impalpabile che è la magia, non necessariamente benevola nel suo caso come tutti credono. Fu proprio lui, grazie ai suoi poteri, che fece nascere re Artù, lo allevò e lo portò al trono.

Creò la Tavola Rotonda al castello di Camelot, dove re Artù sedeva con i suoi Cavalieri e dove si crede esistesse anche un tredicesimo posto, riservato proprio al mago: il «seggio periglioso».

Merlino finì i suoi giorni in una grotta, imprigionato da una donna a cui aveva donato i suoi poteri in cambio di una notte d'amore.

In questo nuovo racconto, il nostro mago affronta viaggi inesplorati e incontri sorprendenti: stregoni, elfi, orchi, e chissà quali altre creature.

Mago Merlino e re Topolino

Una città colorata e ospitale, dominata da uno splendido castello dalle mura bianche e le torri blu.

È il regno di re Topolino, sovrano giusto e generoso. Egli però da lungo tempo ha lasciato la sua casa per combattere pericoli e stregoni che minacciavano non solo la tranquillità dei suoi sudditi, ma anche quella di tutti i mondi conosciuti.

Lo stregone nero, con un incantesimo, aveva fatto risorgere dagli abissi, dal regno del Male, bestie creature malvagie e invincibili.

In tutto il regno attorno al castello numerose torrette di scheletri aveva posto, sul loro tetto arbusti secchi e legno erano pronti a emanare fuoco a chi avesse tentato di entrare nel castello dalle mura bianche.

Improvvisamente, nelle vicinanze del castello maledetto dalla stregone nero, un vecchio tentò di bussare.

Dalla torre le bestie inferocite accesero il fuoco per invocare i lupi e gli orchi del male. Il vecchio moribondo alzò gli occhi, ma non ebbe il tempo di scappare, e subito fu fulminato e bruciato dalle forze del male oscuro.

Dalla torre in alto gli orchi e i lupi inneggiavano alla vittoria. Le bestie e gli scheletri si erano impadronite del castello dei dragoni.

Mentre le torri infuocate illuminano la notte, dal castello dalle mura bianche si levava solo un silenzio supremo: l'oscuro Signore del Male aveva fatto suo il castello.

Lo scopo del Male era quello d' impossessarsi degli antichi segreti, custoditi nelle pergamene nei sotterranei del castello dalle mura bianche. Durante la notte vi fu un'altra battaglia. Ma in quella lunga notte, una dopo l'altra le bestie e le creature dell'esercito del Male non temevano più rivali, e ogni volta trionfavano sulle forze del bene.

Il castello dalle mura bianche subì l'incantesimo dallo stregone nero. A re Topolino, riuscito a mettersi fortunosamente in salvo, non restava che vagare alla ricerca di un altro mago che annullasse i sortilegi dello stregone nero e che potesse sconfiggere il male.

C'era solo un mago che poteva ridare il regno a re Topolino e lo poteva far tornare nel castello dei dragoni: mago Merlino.

Così, con una vecchia 318 rossa, re Topolino sfida faticosamente le accecanti luci infuocate, sotto una sonora pioggia di raggi per le lunghe e polverose strade che portano alla leggendaria città dell'oro, persa fra montagne ciclopiche di pietra e rame. Attorno giganteggiano solitari i cactus, fra arbusti e *canoni* rossastri. Fra le gigantesche gole si occultano le mura sbrecciate di antichi villaggi, i vecchi bivacchi, gli scheletri pietrificati delle maledette città dell'oro. Il sole è al tramonto in un cielo rosso fiamma. Di nuovo, quelle strane luci. Che diamine sta succedendo! Piogge di meteore in un cielo luminoso, una palla infuocata attraversa l'orizzonte.

Alzò gli occhi verso il cielo, era pieno di stelle come non ne aveva mai viste. Un'ombra scura l'attraversò. E lì, simile ad un vascello cosmico a luci spente al chiarore di un impensabile paradiso, guarda chi c'è: Merlino. Il più potente e straordinario mago dell'Antichità, l'ultimo erede dei *Druidi*, il mago più famoso di tutti i tempi.

Re Topolino è di fronte al mago. «Salve, grande mago, ho fatto un lungo e periglioso viaggio fin qui, alla città dell'oro, per incontrarti e chiederti un sortilegio. Il mio castello dalla mura bianche è sotto l'incantesimo di un potente stregone nero. Ti prego di intervenire in mio aiuto, o grande mago!»

Ma Merlino gli disse: «Solo l'ampolla benedetta potrà far tornare il tuo castello dalle mura bianche come prima.

Prendi un'ampolla di vetro e riempila d'acqua di sorgente. Poi recati in un bosco, e trova la quercia più grande. Ai suoi piedi scegli una ghianda e immergila nell'acqua. Lasciala così fin quando i raggi del sole caleranno e calerà la notte, poi appoggia con cura l'ampolla contro il tronco della quercia e recita l'incantesimo che emano:

Alla tua forza maestosa, oh nobile quercia, mi unisco. Per captare il magnetismo. Forze terrestri e forze celesti, terra e stelle, le emanazioni che irradierai durante il giorno e quelle che accoglierai durante la notte, saranno ugualmente trasmesse in questa ampolla benedetta. Per la tua forza di trasmissione e di ricezione, oh nobile quercia, carica quest'acqua di magnetismo e giova a tutti i suoi usi futuri.

Lascia l'ampolla sul posto per un periodo di sette giorni e sette notti, prima di recuperarla debitamente magnetizzata.»

Così fu. Re Topolino ringraziò Merlino e se ne tornò nel castello dalle mura bianche.

Qui eseguì alla lettera l'incantesimo del Mago, e dopo sette giorni e sette notti, il castello ritornò ad essere come prima, splendido e lunare.

Lo stregone nero fu sconfitto e le sue forze del male annientate dall'incantesimo di mago Merlino.

Nella terra di mago Merlino

Un'antica leggenda bretone narra che i pellegrini di San Cornely eressero migliaia di enormi pietre rivolte verso il cielo in segno di preghiera, e che fecero questo enorme sforzo per lasciare un gesto che sopravvivesse alla loro morte fisica e per dimostrare la loro devozione al Santo.

San Cornely è il patrono di Carnac, in Bretagna, dove si trova il più esteso ritrovamento megalitico del mondo. I menhir di Carnac sono migliaia e si estendono allineati per chilometri, imponenti nelle dimensioni e nella disposizione.

La figura di San Cornely è particolare: non esiste nessun santo cristiano con questo nome, l'unico che si avvicina foneticamente è papa Cornelio, Corneille in francese.

E tuttavia il patrono di Carnac è celebratissimo, con cerimonie suggestive in cui la partecipazione della gente del posto stupisce per la commozione generale che si viene a creare.

A dire il vero, la cerimonia in occasione della festa patronale ha molto poco di cristiano: gli elementi che spiccano di più sono di chiara matrice druidica.

Il prete e tutti i parrocchiani compiono un giro nel paese che forma un cerchio intorno ad una fontana. È da notare che la fontana è uno dei maggiori simboli druidici: l'acqua delle fontane veniva usata dai druidi a scopo magico, religioso e terapeutico; del resto, in Bretagna, terra dei druidi per eccellenza, le fontane sono numerosissime.

Dopo aver compiuto il giro citato, il prete si ferma davanti alla fontana, e qui avviene uno strano rito. In una mescolanza di riti druidici e cristiani, il prete bagna del vischio nella fontana e benedice i presenti pronunciando il motto dei druidi: «Un Dio, una dottrina, un popolo». Poi ritorna sui suoi passi, verso la chiesa, seguito da tutti, portando alto il vessillo di San Cornely, in cui il Santo è raffigurato tra un bue e un menhir . Anche in questo simbolismo possiamo vedere la presenza di culti pre-cristiani: il bue, animale con le corna, ricorda i simboli della stregoneria.

San Cornely, infatti, è il santo protettore delle bestie con le corna.

La cerimonia citata è una delle tante contraddizioni che si possono trovare nei simbolismi religiosi della Bretagna. Il Cristianesimo non è riuscito a cancellare le tracce dei riti precedenti, anzi, sembra quasi che questi siano tutt'altro che morti, e tutto ci fa pensare che i vecchi culti siano potuti sopravvivere proprio mettendosi addosso una veste cristiana. In molti posti della Bretagna il Santo patrono del paese è il Druido che risiedeva nei pressi, molte volte si tratta di una figura mitica ricordata per le sue virtù terapeutiche, che viene celebrata con riti che di cristiano hanno ben poco.

A Trehorenteuc, nella magica foresta di Brocéliande (dove secondo la leggenda avvenne la formazione druidica di Merlino), viene ricordato come un santo l'Abbé Gilard, il quale, tra varie altre virtù, ebbe il merito di far erigere la chiesa locale. Ma visitando il posto ci si trova davanti ad una chiesa ben strana: non esiste l'ombra di un crocefisso né di altro simbolismo cristiano. La chiesa è un vero e proprio museo del

Graal. Tutti i simboli presenti nell'abbazia: dipinti, affreschi alle pareti, vetrate, sono riferiti all'esoterismo delle leggende della Tavola Rotonda. Le uniche croci presenti sono croci celtiche, e all'interno della chiesa poi, spicca un grande affresco dove è rappresentato un cervo bianco, una delle raffigurazioni di Merlino il Druido. Perfino la Via Crucis è stata rivisitata e reinterpretata in chiave arturiana, con un percorso che di cristiano ha ben poco, e che invece rivela un cammino iniziatico dove spiccano i personaggi della leggenda del Graal e in cui Gesù Cristo è decisamente una figura di secondo piano. San Cornely, come la maggior parte dei santi celebrati in Bretagna, non sembra essere una figura cristiana.

Un druido? Uno sciamano?

In Bretagna la tradizione druidica traspare da ogni cosa, a dispetto dei turisti che appiattiscono tutto nella loro ricerca di «folclore pittoresco» e nonostante la gestione parigina di tipo oscurantista che arriva al punto di recintare i menhir.

Il maggiore luogo megalitico della Bretagna e del mondo, «les alignements» di Carnac, è infatti stato recintato nella sua parte più antica e più imponente a seguito di un provvedimento del governo di Parigi, il quale, con la scusa di preservare il sito archeologico, è riuscito ad impedirne l'accesso ai legittimi frequentatori del posto. Un tentativo di inibire il protrarsi degli antichi culti pagani? Sta di fatto che la popolazione di Carnac, abituata da sempre a frequentare il posto e ad usarlo per matrimoni, battesimi, feste e riti druidici, è in fermento e sta cercando con ogni mezzo di contrastare la decisione del governo centrale.

Ma la tradizione druidica traspare proprio nel suo rendersi inaccessibile, facendo solo intuire la sua presenza. E in certi luoghi, come i siti megalitici della Bretagna, questa presenza è tangibile.

I Druidi non sono stati i primi sacerdoti della Bretagna. Un misterioso popolo abitava quelle terre prima dei Celti, ed i megaliti ne sono la testimonianza.

Un culto sciamanico di tipo solare ha preceduto il druidismo e tutte le forme religiose conosciute. Il culto di un popolo che è venuto dal nulla ed è tornato nel nulla, lasciando però dietro di se vistosissime tracce.

Il fenomeno del megalitismo, sparso su tutto il pianeta, fa trasparire la progredita conoscenza di questa misteriosa cultura. Ci lascia intendere che la civiltà in questione era insediata appunto su tutta la Terra, usufruiva di collegamenti planetari, era in possesso di progredite conoscenze astronomiche (com'è dimostrato dalle disposizioni della maggior parte dei ritrovamenti megalitici), e inoltre conosceva sconosciute tecniche di trasporto e di costruzione, visto che le ipotesi finora avanzate sull'innalzamento dei menhir sono molto traballanti e pochissimo attendibili.

Questo popolo misterioso ha lasciato numerose tracce della sua presenza in Bretagna, non solo sotto forma di megaliti ma anche di leggende.

Si narra, ad esempio, della leggenda della città d'Ys, una città costruita sul bordo dell'oceano, fatta edificare dal re Grallon, proveniente da una stirpe di nome Grall, per soddisfare un capriccio della figlia. Si racconta che per una disattenzione di quest'ultima, le porte della città furono lasciate aperte e l'alta marea sommerse completamente ogni cosa. Da questo inabissamento si salvò solo il re Grallon, che perduta ogni cosa riparò a Kemper, l'attuale Quimper, e vi fondò un tempio dove ritirarsi.

Come in un tiro incrociato di leggende, le origini dell'attuale cattedrale di Quimper, ricca tra l'altro di simbolismi esoterici pre-cristiani, vengono fatte risalire al re Grallon della città d'Ys. Non è difficile collegare la leggenda della città d'Ys al mito di Atlantide e al suo inabissamento.

Ma chi era il re Grallon? Un atlantideo sopravvissuto (o un popolo), che ha fondato un tempio (o una scuola spirituale) in Bretagna. Il riferimento al mito del Graal è evidente, e sembra una volta di più indicare la presenza di quello sciamanesimo solare, culla di tutte le tradizioni esoteriche.

Il Graal, ricordiamo, è un mito infinitamente più antico delle leggende del ciclo arturiano che lo hanno reso famoso nella nostra epoca. Presente in pressoché tutti i filoni esoterici, si riferisce ad una Tradizione sciamanica primordiale da cui sono poi derivate tutte le correnti successive.

Tradizione che possiamo identificare nello sciamanesimo solare, un'antica cultura che ha lasciato profonde tracce nella storia e che si tramanda nel tempo a mezzo delle sue leggende esoteriche, si rende accessibile nei suoi insegnamenti più intimi con una scuola di meditazione, e diventa evidente nella manifestazione del megalitismo.

Proprio nelle leggende dello sciamanesimo solare troviamo una spiegazione all'imponente manifestazione dei menhir di Carnac.

Secondo antiche fonti, in quel di Bretagna, nei pressi di Carnac, sorgeva una grande scuola spirituale, precedente al druidismo, con sede, templi ed edifici adibiti a collegi. I menhir furono eretti dagli allievi della Scuola a testimonianza della loro scelta iniziatica. I menhir erano una sorta di «sacrificio» all'Assoluto, un modo per rendere evidente l'eterna preghiera verso il trascendente. Ogni allievo offriva il suo menhir all'Assoluto come se offrisse se stesso, e vi riversava le sue esperienze iniziatiche come in un quaderno esperienziale. Quelle pietre silenziose diventavano così testimoni delle esperienze spirituali di quegli antichi iniziati, pronte a tramandarne i messaggi, a essere «lette» da allievi di altre epoche e ad essere «riscritte» da altri ancora.

Si racconta anche che i menhir abbiano poteri terapeutici e che, con opportune tecniche, si possano usare a vari scopi magici.

Si dicono molte cose su quelle pietre misteriose, e l'aria che si respira tra i menhir sembra poter confermare qualsiasi leggenda. Certo è che, ancora oggi, c'è chi le usa per riti e cerimonie particolari. Forse i Druidi, forse i pellegrini di San Cornely, o forse gli eredi degli antichi sciamani che tornano con gli allievi nei loro templi ancestrali.

I Druidi del posto, pur essendo i maggiori fruitori del luogo, che considerano una loro eredità acquisita, non si rivelano. San Cornely, druido o sciamano, aleggia con la sua presenza.

Un giorno, forse, le pietre ci sveleranno il segreto.

Merlino non è solo un semplice mago, si tratta di una rappresentazione divina.

Merlino è unico e molteplice: è l'Incantatore, certo, ma è anche il profeta. E, ciò che è meno noto, è anche il Folle del Bosco, l'Uomo Selvaggio, il Signore degli Animali, il Saggio per eccellenza, colui che è riuscito a ritrovare la bellezza dei tempi mitici, quando l'essere umano viveva in pace con i regni inferiori, tempi mitici dell'Età dell'oro o dell'Eden biblico.

Merlino rappresenta una certa concezione del mondo e della vita: il suo comportamento può essere esemplare per quelli che cercano, nel XXI secolo, di riconciliare l'Uomo e la Natura. Rifugiandosi nel cuore delle foreste, o accettando di andare nella prigione invisibile della Dama del Lago, Merlino compie una grande separazione. Egli si apparta dalla società del suo tempo ed aspira a trovare una realtà nuova.

Da ciò risulta che Merlino, che passa per Folle, è in realtà un Saggio. Egli è un profeta e può, in un certo senso, mostrarci quale sia la nostra condizione umana, se sappiamo sbarazzarci degli effetti del nostro orgoglio di voler dominare il mondo. Mago, è Merlino? Senza alcun dubbio, ma un mago autentico che insegna a tutti che le vie della saggezza sono rischiose e che ci si comporta spesso come degli apprendisti stregoni.

Merlino è anche lo spirito. E che lo si voglia o no, lo Spirito domina le nostre azioni e il divenire della storia, sta all'uomo saper distinguere cos'è il reale, dissimulato in fondo agli stagni o alle foreste. Passando di notte nella foresta di Brocéliande, si sentono a volte strane risonanze tra gli alberi, gli scettici diranno che è il vento che canta tra i rami, altri diranno che è forse la voce di Merlino che indica il grande cammino dell'avventura umana.

La figura di Merlino l'Incantatore è il risultato di una serie di simbiosi più o meno complicate, che attrae caratteristiche di certi eroi o di certi Dei del pantheon celtico. L'immagine è quella di un personaggio colorito, dotato di poteri di cui egli si serve a piacimento e del dono della profezia, uomo dei boschi, ma anche dotto assolutamente raffinato, la cui nascita alquanto misteriosa, il concepimento un po' ambiguo (si dice fosse il figlio di una religiosa sedotta nel sonno da un Demone), la vita abbastanza paradossale, la scomparsa incomprensibile, tutti elementi che ci aprono le porte di uno spazio fiabesco, per non dire divino.

Il nome appare per la prima volta nella *Vita Merlini*, nella forma latina «Merlinus». Il significato potrebbe essere «Uomo del Mare», ma è accostabile anche all'inglese «Merlin», «smeriglio» (un tipo di falcone); dopotutto anche Galvano, nipote di Artù, ha un nome che significa «Falcone di Maggio». L'ipotesi più plausibile, però, è che il suo nome si riferisca al merlo. L'incantatore poeta è un canzonatore, una sorta di impertinente motteggiatore che passa il tempo a fare beffe e a cantare, quindi, quale immagine migliore se non quella di un uccello canterino qual è il merlo? Dopotutto, nella mitologia, tutti gli Dei o gli eroi sono paragonati e simboleggiati da un animale.

La rappresentazione standard di questa figura comparve invece per la prima volta nella «Historia Regum Britanniae», di Goffredo di Monmouth (1136 circa), ed è basata sulla fusione di precedenti figure storiche e leggendarie. Goffredo, infatti, combinò le storie esistenti su Myrddin Wyllt con i racconti su Ambrosio Aureliano, per formare la figura che egli chiamò Merlino Ambrosio.

Fu proprio Goffredo a porre in relazione per la prima volta Merlin con la saga arturiana, di cui Merlino divenne in seguito uno dei personaggi più importanti. La versione goffrediana di questa figura divenne subito popolare, e gli autori successivi ampliarono poi questi elementi, così da produrre un'immagine più completa del mago.

È il vero «deus ex machina» della Tavola Rotonda, eminenza grigia del Re e dei suoi Cavalieri. Merlino, nelle saghe arturiane, è anche il creatore del cerchio megalitico di Stonehenge, che grazie ai suoi poteri prodigiosi egli trasporta dall'Irlanda alla Britannia.

Dotato di poteri magici e di spirito profetico, Merlino consiglia Artù e ne guida il destino fin da prima che quest'ultimo nasca e diventi il futuro sovrano. È infatti opera della magia di Merlino il concepimento di Artù da parte della regina Igraine di Cornovaglia, della quale il re Uther Pendragon di Britannia si era invaghito. Uther vuole Igraine, ma lei, sposata col duca di Cornovaglia, lo rifiuta.

Merlino, che sa che Artù dovrà nascere da quell'unione *contra legem*, usa i propri poteri per far assumere ad Uther l'aspetto del marito di Igraine, durante l'assenza di quest'ultimo. Igraine rimane incinta di Artù, che verrà affidato da Merlino come figlio adottivo al nobile ser Ector, affinché lo allevi.

Merlino non vedrà la fine della Tavola Rotonda. Invaghitosi della Dama del Lago, ne verrà spogliato dei suoi poteri magici, e rinchiuso infine in una prigione d'aria o di cristallo in cui dovrà rimanere per l'eternità. Da questa prigione, egli tuttavia continua a seguire e consigliare i suoi amici di un tempo, Artù e i suoi cavalieri, e vi riceve a volte la visita di Viviana

È certo sorprendente il cattivo esito della relazione di Merlino con Viviana, considerati i grandi poteri e la grande saggezza del mago, e ci si chiede come abbia potuto, egli, dotato di spirito profetico, accondiscendere a cedere tutte le sue straordinarie qualità alla sua infida allieva, pur sapendo già che ella lo avrebbe infine tradito e rinchiuso dentro un muro invalicabile.

Si tratta però del travestimento mitico di qualcosa di completamente diverso: la tradizione vuole che Merlino fosse figlio di una vergine e di un demone incubo che l'aveva ingravidata durante il sonno, e che alla nascita ereditò dal padre i suoi poteri.

Viviana è invece la rappresentazione della Grande Dea celtica, che ora aiuta ed ora ostacola re Artù e l'intero suo sodalizio.

Merlino sparisce dal mondo perché si riassorbe volontariamente nella Grande Dea, al termine della sua missione terrena; vedremo che anche il suo protetto terreno, Artù, al termine della saga, rientrerà simbolicamente «nel grembo della Dea», per attendervi il giorno del proprio ritorno.

Ai tempi in cui Uther Pendragon era re d'Inghilterra, il potente duca di Tintagel, in Cornovaglia, gli si ribellò. Dopo molte battaglie, Uther propose una tregua, così il duca e sua moglie Igraine si recarono al palazzo del Re per riconciliarsi con lui.

Re Uther s' innamorò di Igraine non appena la vide, ma lei rifiutò il suo amore e ne parlò con il marito, dicendogli: «Sembra che siamo stati invitati affinché io sia disonorata. Dobbiamo andarcene immediatamente. Se cavalchiamo tutta la notte, potremo essere in salvo nel nostro castello all'alba di domani.»

In silenzio, i due fuggirono dal palazzo prima che il Re e i suoi cortigiani si svegliassero, ma quando Uther se ne avvide montò su tutte le furie ed inviò messaggeri a richiamare i fuggiaschi, minacciandoli che, se non fossero tornati, ciò avrebbe significato guerra.

Il duca non obbedì e si apprestò a fortificare ulteriormente il suo castello, preparandolo alla guerra e all'assedio. Una volta fatto questo, lasciò lì la sposa, e con i suoi guerrieri si trasferì in un'altra fortezza, il castello Terrabil.

Uther mosse con i suoi cavalieri e guerrieri e drizzò le tende davanti al castello Terrabil, preparandosi ad assediarlo e a costringere così il duca alla resa.

Ogni giorno il duca usciva con i suoi guerrieri dal castello per affrontare re Uther, e molti uomini restavano uccisi da ambo le parti nei duri scontri che ne seguivano. Ma i giorni passavano senza che il duca desse segni di cedimento. Intanto l'amore di Uther per Igraine cresceva a dismisura, al punto da caderne malato.

Un potente mago di nome Merlino viveva in quel tempo in Britannia, e gli uomini di Uther decisero che fosse il solo in grado di salvare il loro Re.

Un cavaliere fu inviato alla sua ricerca, ed una sera incontrò un vecchio mendicante nella foresta. Il vecchio gli chiese chi cercasse, e il cavaliere, sgarbatamente gli rispose: «Non è cosa che ti riguardi.»

«Ma io so chi tu cerchi», replicò il vecchio. «Cerchi Merlino, il mago. Ebbene, sono io. Se re Uther promette di darmi quello che gli chiederò, soddisferò i suoi desideri.»

«Il Re non ti rifiuterà nessuna cosa che sia ragionevole», rispose il cavaliere.

Merlino gli disse di portare al Re la notizia del suo imminente arrivo, lui lo avrebbe seguito.

Il cavaliere ripartì, ma quando giunse all'accampamento, Merlino era già lì, ed insieme andarono da Uther.

«Conosco ogni desiderio del tuo cuore», gli disse il mago, « se giuri sul tuo onore di fare come ti dirò, avrai tutto ciò che brami.»

Il Re giurò sulla Bibbia, e Merlino proseguì: «La prima notte che giacerai con Igraine, essa concepirà un figlio, lo darai a me, lo farò allevare io, e ciò sarà un bene sia per lui sia per il tuo onore. Ed ora preparati, perché questa notte stessa sarai con Igraine nel castello di Tintagel. Avrai l'aspetto del duca, ed io sarò con te nelle fattezze di uno dei suoi uomini. Ma parla il meno possibile, di' che stai male e non muoverti dal letto finché non verrò da te al mattino.»

Immediatamente, il Re lasciò la sua tenda e a cavallo partì alla volta di Tintagel. Il duca, però, vegliava sugli spalti, e proprio allora decise che era giunto il momento di attaccare il campo nemico. Scese la notte, e con i suoi guerrieri irruppe dalle fortificazioni. Ne seguì una violenta battaglia, nel corso della quale il duca restò ucciso e le sue forze vennero sconfitte.

Solo tre ore dopo, re Uther giunse a Tintagel con le fattezze del duca morto e venne accolto con mille onori. Quella notte dormì con Igraine. Parlò il meno possibile e se ne andò il mattino dopo come gli era stato detto da Merlino. Solo allora giunse un messaggero con la notizia della morte del duca, ed Igraine si rese conto di aver giaciuto con un estraneo, ma tacque. Fu fatta la pace tra i due eserciti, ed Uther propose ad Igraine di sposarlo. Lei accettò, si celebrarono le nozze, e ben presto risultò evidente che Igraine era incinta. Uther le chiese di chi fosse il figlio, e lei, piena di vergogna, non osava rispondergli. «Non avere paura», la esortò il Re, «dimmi la verità ed io ti amerò più che mai.»

Allora, Igraine, gli raccontò quel che era accaduto la notte in cui suo marito era morto, ed Uther le spiegò che il misterioso sconosciuto era stato null'altri che lui stesso, e che era lui il padre del nascituro. Le riferì anche il patto che aveva stipulato con Merlino, in forza del quale il figlio che Igraine gli avrebbe dato sarebbe stato allevato da un cavaliere di nome Ector, il quale lo avrebbe amato come un padre.

Venuto il momento, Igraine diede alla luce un figlio. Merlino aveva dato ad Uther precise istruzioni sul da farsi: subito dopo la nascita, il piccolo venne avvolto accuratamente in un drappo d'oro e consegnato in gran segreto a Merlino, che era giunto alla porta del castello, anche questa volta travestito da mendicante.

Merlino portò il neonato da sir Ector e da sua moglie, in casa dei quali venne battezzato con il nome di Artù, e i due lo allevarono come fosse figlio loro.

Di lì a qualche anno, Uther cadde gravemente malato, e parve evidente che la sua fine fosse prossima. Allora, Merlino andò dai cavalieri e dai baroni e disse loro: «Non c'è nulla che possa salvarlo, e Dio farà secondo la sua volontà. Che i nobili si raccolgano domani davanti al Re, che ora non parla più; io lo farò parlare.» L'indomani tutti i grandi del regno si raccolsero al cospetto del Re. Merlino gli domandò: «Sire, tuo figlio, Artù, dovrà essere il sovrano di questo regno dopo la tua morte? Uther si volse lentamente e, parlando a fatica, rispose: «Gli do la mia benedizione e lo designo mio successore.» Poi morì, e la corte e la regina Igraine presero il lutto.

I Folletti e mago Merlino

I boschi e le foreste sono magici luoghi dove vivono, si nascondono, giocano, fanno dispetti, piccoli esseri misteriosi ai quali sono legate credenze e storie fantasiose. Miti e leggende li descrivono fin nei minimi dettagli: possono esseri bizzarri, benevoli o malevoli a seconda dei sentimenti che le persone nutrono nei loro confronti.

Abitano nelle corolle dei fiori, sotto gli ombrelli picchiettati di bianco dei funghi, tra le rocce muscose, fra i rami degli alberi.

Le foglie degli alberi sussurrano antichi segreti che nelle credenze popolari italiane e di molti altri popoli europei, appartengono ai folletti, che costituiscono un popolo a sé. Il loro aspetto in genere è buffo. Sono di piccolissima statura, agilissimi ed irrequieti, vestiti di un abito scarlatto con un berrettino a sonagli, spesso formato da un fiore di digitale e portano scarpette di cristallo.

A volte vivono nell'aria, altri amano la danza e la musica. Nei loro rapporti con gli uomini possono essere benevoli e servizievoli se ben trattati, mentre si vendicano, in modi spesso comici, di chi li offende, compiacendosi di giocare brutti e simpatici scherzi.

I folletti non amano farsi vedere. Svaniscono come se fossero fatti di fumo, non hanno l'ombra se visti alla luce del sole e non lasciano orme sulla terra quando camminano.

Molte persone li scambiano per fuochi Sacri. Si dice che quando i contadini che vivono in montagna si dimenticano di lasciare qualcosa da mangiare per i folletti che proteggono le mucche al pascolo, questi si divertono ad intrecciano le code degli animali in modo così stretto che il nodo non si può sciogliere, ma solamente tagliare!

I folletti del bosco sono vestiti con pantaloni e casacca verde, stivaletti a mezza gamba e cappello con lunga piuma. I folletti sono molto gelosi del luogo dove vivono e lo proteggono da persone dannose, spengono il fuoco attaccato dai piromani e aiutano gli animali a scappare da lacci e trappole.

I folletti della montagna vivono nelle grotte e nelle baite. Aiutano i montanari a preparare il formaggio e controllano le capre. Scolpiscono strani disegni sulle rocce. Questi folletti amano ballare con le fate sotto i raggi della luna.

Coboldo, nella mitologia popolare tedesca, è un folletto bizzarro che si diverte a ordire scherzi di cattivo genere.

Gnomo raffigurato in statuine di legno o di cera si rendeva utile in vari modi agli abitanti della casa, richiedendo però dei doni, in mancanza dei quali diventava vendicativo.

Con il nome Coboldo, nelle leggende nordiche, venivano spesso indicate le fate.

La fortezza stregata

In quel tempo, in Britannia, il re Vortigern era molto preoccupato perché non riusciva a costruire una grande fortezza a difesa della sua città. La sua inquietudine derivava dal fatto che egli aveva usurpato il trono e temeva sempre che il legittimo successore, il giovane Uther, ossia Testa di drago, venisse a reclamarlo. Per questo aveva deciso di edificare una fortezza così alta e solida che nessuno potesse espugnarla. Ma l'edificio già per quattro volte era franato non appena aveva raggiunto a una certa altezza.

Vortigern consultò i suoi maghi, ed essi gli risposero che la fortezza sarebbe rimasta in piedi solo se si mischiava alla calcina, con cui veniva costruita, il sangue di un fanciullo di sette anni il cui padre fosse misteriosamente scomparso. Immediatamente dodici guerrieri partirono in tutte le direzioni alla ricerca di questo fanciullo.

Merlino inizia le sue avventure

Un giorno, uno di loro, passava per la piazza di un paese in cui giocavano vari bambini, quando uno di questi gli venne incontro e gli disse: «Quel ragazzino che cerchi sono io, andiamo dal re Vortigern.» L'inviato del Re rimase di stucco, e il fanciullo, che era Merlino, ne approfittò per andare a salutare sua madre e tornare poi da lui. «Eccomi pronto», annunciò. E aggiunse: «Tu vai cercando un bambino di sette anni il cui padre sia scomparso misteriosamente, per mischiare il suo sangue alla calcina di una fortezza che frana ogni volta che cercate di costruirla. Non è forse vero? Ebbene, portami dal Re e saprò dire cose ancor più interessanti.» Andarono dunque dal Re e, giunto davanti a lui, Merlino disse: «Re Vortigern, i tuoi indovini ti hanno ingannato. La tua fortezza frana perché sotto di essa ci sono due draghi addormentati e, quando il peso si fa sentire, essi si scuotono e fanno rovinare tutto.»

I due draghi

Il Re, stupito che un bambino di sette anni sapesse tante cose, fece scavare sotto la fortezza, e apparvero appunto i due draghi, uno bianco e uno rosso, i quali appena si svegliarono cominciarono a lottare fra loro finché il bianco uccise il rosso. Dopo di che anch'esso si abbatté senza vita.

«Cosa significa questo?», domandò il Re.

«Significa», rispose Merlino, «che il drago rosso sei tu e il drago bianco Uther Pendragon a cui hai rubato il trono. Ma Uther sarà presto qui e ti sconfiggerà.»

Ciò accadde, non più tardi di tre anni dopo.

Merlino fu molto amico di Uther una volta che egli ebbe ripreso il trono dei suoi padri, e lo aiutò nelle sue guerre contro i Sassoni, pagani malvagi i quali non credevano né alla Trinità né a Gesù Cristo che ha sofferto per noi. Così il re Uther Pendragon divenne molto potente.

Il duca di Tintagel

Un giorno questo Re tenne corte, adunando presso di sé tutti i suoi duchi e baroni; e, tra gli altri, venne il duca di Tintagel con sua moglie Igraine. Uther s'innamorò subito della bella duchessa, e il duca, che se n'era accorto, pensò bene di abbandonare con lei la corte e di tornare nelle sue terre. «Questa è un'offesa che il duca ha fatto al suo Sire», esclamò allora Uther. «Io ammiro molto la duchessa di Tintagel, ma non le ho mai mancato di rispetto.» Pieno di sdegno, chiamò i suoi cavalieri e andò a portare guerra nel territorio di Tintagel, assediando il duca nel suo castello, finché questi, cercando di spezzare l'assedio, uscì alla testa dei suoi armati, ma fu accerchiato e cadde ucciso, sebbene Uther cercasse di salvarlo perché la sua colpa non meritava la morte.

Merlino accomoda le cose

Il mago Merlino, che ormai non era più un fanciulletto e aveva preso l'aspetto di un bel giovane, si recò da Igraine e le disse: «Purtroppo quello che è avvenuto è avvenuto. Adesso tu sei vedova e devi pensare al tuo avvenire; il re Uther si è innamorato di te, ed io ti consiglio di divenire sua sposa. È bene però che il vostro matrimonio rimanga segreto per ora, affinché non sembri che il Re abbia fatto uccidere tuo marito per farti sua moglie.»

Uther e Igraine si sposarono segretamente ed ebbero un figlio che fu affidato al buon cavaliere Ector, perché lo educasse insieme al proprio facendo credere a tutti che fosse suo figlio. E il bambino venne battezzato col nome di Artù.

Più tardi Uther dichiarò che Igraine era sua moglie e quindi legittima Regina, e regnò con lei ancora per sedici anni. Ma Artù rimase presso Ector, il suo padre adottivo.

Merlino, elfi, gnomi e folletti

Gli elfi sono creature notturne che danzano con grazia al chiaro di luna.

È difficile immaginare che esistano personaggi più misteriosi e bizzarri degli gnomi, dei fauni, degli elfi e delle ninfe, cioè di quei piccoli rappresentanti invisibili della natura, conosciuti in ogni pane del mondo sotto vari nomi e che noi, fin da bambini grazie alle prime favole di fate e streghe, impariamo a conoscere come folletti. Certo, parlare oggi di questi antichi abitatori de «l'Altro Regno», può forse apparire più un omaggio al «fantasy», che un tentativo di indagine seria in una realtà sconosciuta o poco esplorata della nostra cultura.

Ma se riflettiamo un attimo sul fatto, innegabile d'altronde, che fino a pochi anni fa, soprattutto nelle nostre campagne, e tuttora in alcune località non completamente contaminate dai residui corrosivi della «civiltà dei consumi», i folletti spiavano con i loro occhi vispi e curiosi, nascosti tra le foglie, dietro i cespugli, i poveri abitanti di paesi e villaggi, combinando spesso piccoli scherzi innocui o regalando fortune inattese, temuti, rispettati, a volte amati e spesso comunque accettati come elemento naturale e quasi «familiare» della vita quotidiana della gente comune, si potrà almeno considerare l'ipotesi, meno azzardata di quanto possa sembrare, che qualcosa dì più importante della semplicistica diagnosi risolutiva della suggestione o della fantasia popolare, si nasconda dietro il mito dei folletti.

Lo spiritello e il vescovo

Il riferimento più antico di cui disponiamo, a proposito delle imprese di un folletto, è contenuto nei «Gesta Karoli Imperatoris», scritti tra l'882 e l'883 dal monaco di San Gallo, il quale riporta la cronaca divertente di uno spiritello in vena di burle che, pur di avere il permesso da un fabbro di frequentare nottetempo la sua casa e maneggiare gli arnesi da lavoro, arrivò a stipulare con egli una sorta di patto, con il quale s' impegnava a far trovare ogni giorno all'artigiano compiacente, un bel fiasco di vino sul suo tavolo. Quest'ultimo, spinto oltretutto dalle difficoltà economiche in cui si dibatteva a causa di una grave carestia che attanagliava il paese, aveva accettato ovviamente di buon grado, ignaro tuttavia del fatto che lo spirito, per adempiere al proprio impegno, andava a rifornirsi nelle generose cantine di un vescovo, definito «di un'avarizia senza pari», al quale lasciava, oltretutto, non sappiamo se per distrazione o per dispetto, ogni volta le cannelle delle botti sistematicamente aperte! Naturalmente il *Dies Irae* del vescovo non tardò a manifestarsi e da buon religioso dell'epoca, sospettando un vile intervento diabolico, pensò bene di contrattaccare, allagando la cantina di acqua benedetta e tappezzando le pareti di croci ed «exorcismi terribilis». Il povero spirito, all'oscuro del tranello, tornò puntualmente nel sotterraneo, restando così intrappolato senza possibilità alcuna di fuggire, né tanto meno di essere liberato da temerari colleghi o divinità alternative. Fatto sta che il mattino seguente, scoperto dai servitori in forma umana, fu catturato e condannato «come ladro» ad essere frustato per punizione, al pari di un comune mortale.

Spiritus malignus

Apprendiamo invece da Sigebèrto di Gembloux, monaco nell'abbazia benedettina di Gembloux, noto cronista medioevale vissuto tra l'undicesimo e il dodicesimo secolo, la storia densa dì particolari di una straordinaria apparizione che nell'anno 858 mise a soqquadro l'intera diocesi di Magonza. «Uno spiritus malignus – scrive – diede in quell'anno un segno manifesto della sua malignità. Infatti molestava i cittadini di Magonza scagliando sassi dentro le loro abitazioni, battendo colpi violenti sui muri, urlando, seminando la discordia tra vicini di casa. Non contento, aveva aizzato i cittadini contro un tale, come se tutta la città soffrisse quelle gravi molestie per le colpe di costui. Al poveretto aveva bruciato i covoni pronti per la trebbiatura, e poi ovunque egli andasse, subito bruciava la casa che lo ospitava, sicché lo sventurato fu costretto a vivere sotto gli alberi fuori di città. Per mettere fine al tanto danno, il clero di Magonza fece una processione solenne, recitando speciali preghiere e aspergendo acqua benedetta. In effetti ciò riuscì a placare lo spirito. Ma appena la processione si sciolse, questi tornò a farsi vivo, avvertendo che si era nascosto sotto le vesti di un prete, e ne disse il nome, per non essere raggiunto dagli spruzzi dell'acqua santa. E come se questo fosse poco, accusò quel prete di aver sedotto la figlia del procuratore della città. Ancora per tre anni l'indomabile spirito rimase a Magonza recando gravi incomodi ai cittadini e al povero prete sotto le cui vesti aveva trovato sicuro asilo. Andò via quando ebbe bruciato un buon numero di case».

Da questi due racconti, peraltro assai interessanti, emerge il singolare contrasto tra l'indole del folletto francese, burlone, dispettoso e bizzarro, ma non cattivo, che si accontenta di far chiasso nell'officina del fabbro e di castigare il vescovo avaraccio mandando in malora il suo vino, e il carattere assai spigoloso di quello tedesco – refrattario oltremodo a preghiere ed esorcismi – le cui «pazze scorribande» producono danni ben più gravi. Si stabilisce già, quindi, sin dai primi resoconti storici un dualismo fondamentale, dominante la vita e le caratteristiche di questi esseri, e di conseguenza del loro mondo. Del resto, in un'epoca condizionata dalla tenebrosa presenza di Satana, non era difficile – anzi, per certi aspetti era addirittura doveroso – per i «dotti» e i teologi di grido accostare l'immagine del Gran Nemico a questi misteriosi esseri che davano vita a fenomeni inspiegabili. Per molto tempo dilagarono in fatti, trattati e dissertazioni, nelle quali il folletto veniva bollato, secondo le somme ispirazioni degli autori, come «satellite del maligno», o definito vero e proprio suo servitore, nei panni di «incubo» o «succubo», se non, nel migliore dei casi, schedato come personaggio indefinito e astratto, privo di particolari connotazioni ultraterrene.

Silfi, ondine e gnomi

Per altri, invece, il folletto, assieme ai suoi stretti parenti del mondo elementare, quali le silfi, le ondine, gli gnomi, non rappresentava altro che un residuo dei culti e delle divinità pagane, messo all'indice dalla nuova religione dominante. Per cui appare facile comprendere come questo innocuo spiritello, trovandosi in una grave «crisi d' identità» e privo di validi punti di riferimento cultuali si sia voluto consolare e in parte vendicare, con burle e dispetti ai danni dei malcapitati mortali, rei di aver ceduto alle lusinghe dei nuovi dei. Come abbiamo tuttavia già avuto modo in parte di notare, molti folletti potevano in realtà rivelarsi grandi amici dell'uomo, o almeno di certi uomini, e se per combinazione provavano una particolare simpatia per una persona o per una famiglia, si dedicavano ad essi pressoché totalmente, dimostrando una generosità sorprendente.

Pur lasciando da parte la documentata e ricchissima serie di leggende e tradizioni popolari che ogni paese può vantare al riguardo, già nel secolo XIII, nel «Chronicon imaginis mundi» del domenicano Jacopo da Acqui, si narra dell'improvvisa comparsa a Pavia di uno spirito di nome Martino che dimorò per ben tre anni, come zelante servitore, in casa di tal Anselmo de' Boccoselti, accudendo ai fornelli, rifacendo i letti, badando ai cavalli e rendendo conto di ogni spesa «con scrupolo e onestà».

I folletti gelosi

A volte poteva persino accadere che un folletto arrivasse ad innamorarsi, come scrive il beato Giovanni Dominici, il celebre predicatore fiorentino, nel «Lucula noctis » del 1405, dove riferisce, chiamando Dio a testimone della veridicità del racconto, il caso accaduto nel 1399 di una povera orfana veneziana di quattordici anni, amata da un folletto «alto un cubito, bello e vestito di preziosi e variopinti panni», il quale, oltre a procurarle scherzi di vario genere ai quali evidentemente questi esseri non sanno rinunciare, non mancava di coprirla spesso e volentieri di ottimi regali.

La gentilezza, le attenzioni e gli omaggi si trasformarono tuttavia in dispetti e macchinazioni terribili ai danni della ragazza, quando questa decise un giorno di sposarsi, provocando in questo modo l'ira e la gelosia del folletto tradito, il quale pensò bene di sfogarsi scatenando una serie di diaboliche vendette che probabilmente non furono prese nel giusto «spirito».

Il reverendo Padre Sinistrar riporta invece nel suo «De daemonialitate» un altro episodio accaduto a Pavia – città evidentemente privilegiata nei secoli scorsi dai folletti –, dove uno spirito che per molti anni abitò nella casa di due coniugi, si era pazzamente invaghito della avvenente sposa, alla quale appariva «sotto le spoglie di un bel giovane dai biondi e ricciuti capelli, vestito con molta eleganza», tentando di baciarla e di farla cedere in ogni modo al suo amore. Di fronte ai ripetuti rifiuti della donna, il focoso folletto respinto e inacidito, intese vendicarsi anche in questo caso, con dispetti di tutti i colori, fino a spingersi a piombarle addosso sulla soglia della chiesa di S. Michele, il giorno della festa del Santo, strappandole le vesti e lasciandola completamente nuda in mezzo alla folla.

Un elemento certamente inconsueto che appare facilmente evidente da queste «cronache» è la differenza estetica del folletto nostrano – non indifferente forse al nostro proverbiale buon gusto e al mito del fascino latino – che ama spesso presentarsi in aspetto attraente, decisamente bello ed elegante, al contrario dei colleghi d'oltralpe, i quali di solito apparivano sgradevolmente piccoli e bruttini.

Nella favola tragisatiricomica di Lauro Settizonio, «Roselmina», rappresentata e stampata a Venezia nel 1595, un folletto, ovviamente veneziano e presumibilmente precursore *in speciem* del Casanova, si presenta al pubblico in questi temimi: «Così ardito, così pronto, così ritto, bello, bianco, con questo berrettino rosso, credo che ognuno mi conosca, e specialmente voi, bellissime donne... ! Io mi dichiaro di essere il Folletto (sic), che voi, altri, signori Veniliani, chiamate il Mazzaruolo».

Una ulteriore particolarità che emerge dai libri e dai racconti di demonologi e cronisti, è la marcata refrattarietà di una buona parte di folletti, alle più svariate forme di esorcismo. Non soltanto la gente comune si sentiva intimorita dalle frequenti scorrerie terroristiche di bande di folletti che imperversavano per città come Mantova e Bologna, al punto che «niuno si teneva sicuro della vita, ancorché egli mai facesse dispiacere a niuno», ma persino gli stessi religiosi, in molti casi preferivano restare alla larga da questi «ultras» del dio Pan, consapevoli dell'inutilità delle pratiche esorcistiche e con addosso una tremenda paura dì procurarsi qualche rovina.

Fra Girotamo Menghi, autore del noto «Compendio dell'arte esorcistica» del 1617, dichiara apertamente il proprio terrore nei confronti delle insidie dei folletti, mentre lo stesso francescano Ludovico Maria Sinistrali arriva a lamentarsi, visibilmente sconcertato, della inefficacia e pericolosità dell'impiego degli esorcismi contro i folletti: «È cosa meravigliosa – scrive infatti nel De Daemonialitate et Incubis et Succubis – e quasi incomprensibile, constatare che gli incubi, chiamati in italiano «folletti», in spagnolo «duendes», in francese «follets», non obbediscano agli esorcisti, non hanno paura degli esorcismi, né della vicinanza degli oggetti sacri».

Mentre l'autorevole Gervasio di Tilbury, autore degli «Otia Imperialia», incalza: «Vi sono alcuni spiriti, che il popolo chiama folletti, i quali abitano nelle case dei creduli contadini e non sono scacciati ne dall'acqua benedetta, ne dagli esorcismi: nessuno riesce a vederli, ma si sente la loro voce simile a quella umana».

Da tutto questo dovremmo quindi dedurre che la forte tempra e il carattere indomito e beffardo con i quali forse gli antichi Dei avevano inteso gratificare il loro piccolo quanto fedele popolo, abbiano se non altro notevolmente contribuito a potenziare la longevità innata e le capacità naturali di resistenza dei folletti, facendoli passare sostanzialmente indenni attraverso secoli di lotte, occulte o palesi, fino a riuscire a farli dimorare stabilmente un po' dappertutto, in ogni paese, in ogni regione, a volte scegliendo un casolare, una stalla, oppure preferendo la libertà, nei boschi, sui monti, nei prati delle campagne.

I folletti

Narrano le leggende medievali, che alla fine dei miti e degli Dei del Paganesimo, un lamento echeggiò per l'Europa gridando: «Il Gran Pan è morto!»

Più che morire, tuttavia, il simbolico, eterno Pan, doveva adattarsi ad una situazione nuova e assai diversa. Con esso, e come esso, gli antichi abitatori dei quattro regni, i mitici folletti, non scomparivano quindi, ma da abili trasformisti quali erano, abituati nei secoli a vederne di tutti i colori e soprattutto dai volubili inquilini dell'Olimpo, si davano più o meno alla macchia, fuggivano dai luoghi sacri, si mimetizzavano in un ambiente divenuto improvvisamente, spesso forzatamente, ostile, si adeguavano alle pur traumatiche esigenze contingenti e prendevano atto di un amaro «status quo» dominante.

Emigrati in questo modo da un continente religioso a un altro, questi profughi invisibili non potevano far altro che cercare di stabilire una convivenza pacifica e sicura, per quanto possibile, nelle regioni e nei paesi scelti quale fissa o temporanea dimora.

A giudicare dalle tradizioni popolari, dalle leggende e dai documenti di cui disponiamo, parrebbe prevalere l'immagine di un folletto piuttosto affezionato ai luoghi nei quali a suo tempo pensò di stabilirsi. La dinamica di certi fenomeni, la ripetitività e le caratteristiche di certe manifestazioni tipiche, si dimostrano infatti significativamente costanti nelle varie località, anche a notevole distanza di tempo.

Il monacello

Nel Napoletano ad esempio, terra assai magica da lunga data, la credenza nel folletto, chiamato «Monaciello» o «Munaciello», è tuttora ben radicata ed assume le forme più varie e curiose. Carlo Tito Dalbono, nella sua opera «Le Tradizioni popolari», del 1845, osservava che ben poche tradizioni possono vantare una diffusione e una popolarità pari a quella del Monaciello. «A quale vecchietto o vecchietta del nostro volgo – scrive – potreste nominare il 'monacello' senza udirne contare prodigi? Qui s'incontra neppure la consueta difformità di pareri, e a quanti farete inchiesta di questo spiritello, tutti vi diranno che è il folletto abitatore delle case remote, che si annunzia col far mille dispetti e si diletta a fracassar le porcellane racchiuse negli armadi e rovesciare a terra quanti piatti sono su per le scansie della cucina. Tra i caratteri distintivi del 'monacello' c'è quello di tirare sassi, mostrarsi la notte e mettersi a cavalcioni del corpo dei dormienti ballandovi sopra. Gli occhi del 'monacello' spargono una luce rossiccia ed è celerissimo nella fuga.»

Lo stesso grande ermetista napoletano G. Kremmerz, si è interessato a questo spiritello di stampo partenopeo, riguardo al quale, sulla sua importante rivista «Il Mondo Secreto», ebbe a scrivere in questi termini: «... sotto il nome di 'Monaciello', l'ignoranza della buona gente confonde molte manifestazioni occulte attribuibili a differenti cause che, una per una, nei singoli casi, meriterebbe un esame speciale. Perciò il voler caratterizzare con uno studio speciale tutti i fenomeni straordinari legati a questi esseri, come i più creduli insistono, è indegno della gente che studia serenamente il Mondo occulto.

Però, la questione importante ed in tesi generale da porsi è questa: la scienza dei magi crede possibile la manifestazione di esseri benefici o malefici che non siano spiriti di defunti, a persone o famiglie intere? Esistono nell'Invisibile esseri vivi e non mai vissuti come uomini e capaci di rendere servizio agli uomini? La nostra scienza risponde sì alle due domande. Oltreché le tradizioni di tutti i popoli, la conferma è data da coloro che veramente hanno avuto occasione di entrare in relazione con esseri di questa specie non vi è veggente che non confermi questa curiosa ed impressionante tradizione popolare. Ma, ripeto, non tutti i casi che passano come attribuibili a questi spiriti elementari sono veramente devoluti ad essi. Questi esseri hanno passioni come gli uomini; amano, odiano, sono benefici e possono diventar malefici. Una volta che cominciano a manifestarsi ad una persona o ad una famiglia l'odio o la simpatia loro si manifesta immediatamente...

Questo però universalmente nel mondo degli uomini e non solamente in Italia o a Napoli, dove prendono il nome di Monaciello dalla costante o quasi costante loro apparizione in forma di frati. I Chabblers del nord Europa non sono che questi stessi esseri che nel sud d'Italia pigliano tal nome. Il Christian, degli Chabbiers racconta che secondo la tradizione del paese di Galìes ogni buona donna deve assolutamente guardarsi dal maledire uno di questi spiriti o di fare il segno della croce secondo i cattolici perché l'incantesimo sarebbe rotto e lo spirito fugato; mentre il segno della croce, i requiem, le avemarie, non fanno scappare i monacelli di questi paesi, ciò che significa che gli esseri del mondo plastico invisibile prendono anche la religione del paese in cui scorrazzano, ma benefici sempre per coloro che sono discreti...

Questi monacelli sono, in proporzioni diverse, tal quale si immaginano le fate dai contemporanei, tal quale sono le fate per chi le ha viste. Donano o distruggono. Sembrano raccontini per i fanciulli tutti questi eppur non sono che storie reali e più frequenti di quanto ordinariamente non si creda. Qualche volta 'amano' nel senso più largo e più concreto della parola... I succubi e gli incubi di cui un'intera letteratura antica e moderna, religiosa o non, si potrebbe mettere insieme, non formano che un lato solo del problema di questi amori... ».

Il nome *Munaciello*, deriva in effetti dal tipico aspetto di questo folletto, che appare appunto «come un nanetto vestito da frate, con fibbie d'argento ai sandali e lo zucchetto rosso. Si ritiene che chi riesce ad impossessarsi di questo caratteristico copricapo, sia molto fortunato; un po' come chi riuscisse a trovare la fine dell'arcobaleno, dove secondo una poetica leggenda popolare dovrebbe essere nascosta una bella pentola di monete d'oro! Tuttavia, l'impresa non è affatto facile, sia perché lo spiritello appare assai raramente, sia perché, se il colpo dovesse fallire, il Monaciello si vendicherebbe inesorabilmente dell'incauto, sacrilego ladruncolo. In ogni modo, a quel che si dice nella penisola sorrentina, chi fosse in grado di rubargli il berretto, potrebbe facilmente vedersi offrire quale riscatto «molto denaro o addirittura un tesoro».

Questa pressoché costante associazione dei tesori ai folletti, si riscontra pure nella letteratura di Magia, legata soprattutto a numerosi manuali medievali di evocazioni infernali con annesse cerimonie e segreti vari, come i celebri *grimoires* (un grimorio è un libro di magia): «Il Drago Rosso», «Il Gran Grimoire», «Il Grimoire di Papa Onorio» e «La Clavicola di Salomone», nei quali si fa espressamente riferimento ai diavoli guardiani di tesori, a pentacoli e talismani rivolti a proteggersi o far fuggire gli spiriti custodi dei tesori e riti astuti che consentono di eludere le insidie del Maligno, quando, in cambio naturalmente del prezioso scrigno, non mancherà di reclamare il pegno del patto: l'anima.

È sempre il Kremmerz, inoltre, che ci riferisce di potenti pratiche magiche, compiute da adepti e da «frati che la sapevano lunga» in certi conventi, in tempi pericolosi, per far proteggere e sorvegliare attentamente i propri tesori da fedelissimi «spiriti elementari», opportunamente «vitalizzati» per il precipuo compito.

La tradizione che vede i folletti nei panni di guardiani di tesori è tuttavia assai antica e già nella religione popolare della Roma dei Cesari il termine «Incubus» assumeva anche il significato di «essere soprannaturale custode di tesori». Incubo, era inoltre l'epiteto dell'Ercole italico, amico dei contadini in cerca di tesori celati nella terra. Nella «Cena Trimalchionis» si parla di un convitato pettegolo e invidioso, Ermerote, il quale attribuisce l'improvvisa ricchezza di un commensale al furto del berretto ad un Incubo, e gli stessi Virgilio e Cicerone confermano nelle loro opere (Georg. II. 507 e Pro Client. 26) la credenza diffusa dell'Incubo custode di ori, denari e gioielli.

Un ulteriore elemento, che caratterizza l'eterogeneo mondo dei folletti, è costituito dalla svariatissima serie di nomi e soprannomi popolari con i quali si contraddistingue da luogo a luogo.

In terra di Otranto, il folletto, conosciuto come «laùru», ama soprattutto far la corte alle belle donne delle quali, pare, è amante non pericoloso. Il folletto sardo è noto tra il popolo con vari nomi: «pundacciu», «ammuntadore» e «sa sùrtora»; sono soltanto alcune delle varianti locali con le quali la gente di Sardegna usa indicare questo spiritello che molti immaginano con sette berretti rossi.

Nel Bellunese, nel Cadorino e nel Trevigiano il folletto appare di solito vestito di rosso, con l'immancabile zucchetto dello stesso colore. Qui si rende spesso utile curando il bestiame ed è conosciuto come «el massarol». In Abruzzo, il suo nome è «mazzemarjielle» e, secondo una credenza popolare diffusa in certe zone, nascerebbe la notte di Natale, per fare compagnia al Salvatore.

Nel Trentino il folletto ha adottato vari nominativi, tra i quali «salvanel» (da «Silvano») e «ghignaréul», che può essere tradotto più o meno come sogghignante, o sorridente. Nella provincia di Cuneo, imperversa un terribile folletto dotato di forza soprannaturale, detto «servàn» (o «sirvàn» o «sarvàn»). In Puglia, la tradizione vuole che il folletto, chiamato «iscazzamurrieddu», pur di riavere il proprio cappuccio rosso sia disposto ad offrire qualunque cosa gli si chieda.

Anche in Lucania, il terribile «monachicchio», come in Sicilia «lu fullettu», usano portare un berretto rosso del quale sono gelosissimi; se si riesce a rubarglielo, essi cadranno disperati in lacrime ai vostri piedi per riottenerlo, ma non bisogna accontentarli, almeno finché non avranno mostrato il luogo dove si nasconde un tesoro. A Reggio Calabria regnava il «fuddettu», a Catanzaro il «u munacheddu», a Crotone lo «scavuseddu».

Ogni città, ogni regione, addirittura ogni paese, praticamente, ha nominato un proprio «folletto protettore», attribuendogli un nome quantomeno bizzarro, con il quale stranamente, in certi casi, si usa indicare anche una forma di vento (in Romagna infatti, «fulet» è chiamato pure un nodo di vento, come a Frosinone il «mazzamuriglio» e a Lanciano il «mazzemarelle», a Venezia e a Trento lo stesso termine «basadòne» è usato sia per il folletto che per la brezza.

Appare evidente, in ogni modo, che per poter analizzare o semplicemente citare, sia pure in forma parziale, gli innumerevoli e incredibili nomi con i quali il folletto è conosciuto, limitandoci alla sola Italia, occorrerebbe un intero volume.

In Lucchesia ad esempio, tanto per rendere omaggio alla Toscana dei Misteri, il folletto è assai popolare con quattro o cinque nominativi ed altrettante varianti, dei quali il più noto è senza dubbio il pagano «Linchetto», spirito interessantissimo e assai antico, la cui stessa origine etimologica deriva da «Incubus».

Merlino racconta le fate

Boschi, sorgenti, ruscelli, insenature, imbocco di grotte, screpolatura di rocce, anfratto di scogliere... è qui che s'incontrano le prodigiose creature della fantasia e della mitologia.

È qui che vivono fate e folletti, ninfe e sirene, ma anche maghi e streghe. È qui che s'incontrano, dove non passa orma, non s'ode suono, voce o respiro umano. Spazi invisibili, mondi celati e sconosciuti, i cui magici battenti sono aperti solo alla fantasia ed al sogno.

È l'universo del Fantastico: Fiaba e Fantasia. Leggende e racconti che si tramandano a voce per generazione o che si scoprono, o riscoprono, aprendo le pagine di un libro polveroso dimenticato in soffitta.

Tutte, però, avevano il potere di trasformare qualcosa in qualunque altra cosa. (Basti ricordare la maga Circe e la sua abitudine di trasformare gli uomini in animali). Le leggende medievali, infine, grondano di magia, artifici ed incantesimi.

Proprio nel Medioevo, i racconti di miti della cultura del Nord, tramandati a voce, conobbero il loro momento di massima diffusione.

I miti, però, non sono solamente e semplicemente favole. Da sempre costituiscono lo strumento con cui l'uomo dà voce e forma a tutte quelle esigenze che esulano dalla sua razionalità: il mito non fornisce spiegazioni (come invece fa la Storia), ma svela sentimenti e sensazioni nascosti ed inconfessabili.

Lo strumento in questione si chiama Magia, Incanto, e le sacerdotesse di questo «Culto» si chiamano fate, streghe, ninfe o hanno un altro nome.

Le fate hanno molti nomi, ma quello più consono alla loro natura è certamente «Dame degli Elementi», poiché gli elementi della Natura, e cioè l'acqua, il fuoco, la terra e l'aria, fin dai tempi più antichi ed in ogni cultura, hanno sempre fatto parte della Magia, e la Magia è sempre stata parte integrante della vita quotidiana.

I poteri delle fate sugli elementi della natura sono straordinari: Le fate del fuoco sanno produrre scintille dal nulla, accendere fuochi, falò e incendi, sanno pilotare incandescenti colate laviche.

Le fate della terra si divertono a scavare orridi e voragini, ma s'impegnano anche a coprire di lussureggiante vegetazione territori rocciosi e regioni vulcaniche.

Le fate dell'aria sono in grado di scatenare tempeste o farle cessare, sanno creare vortici e trombe d'aria e innalzare venti leggeri o impetuosi.

Le fate dell'acqua sono capaci di far sgorgare sorgenti dal suolo, provocare inondazioni o farle arretrare, portare acqua nei posti aridi e desertici.

E poi ci sono le fate della luna, le fate del ghiaccio e quelle del mondo dei sogni; non mancano le fate che di notte proteggono il viandante o il solitario. Ovunque! Le fate sono ovunque.

Ma, se non sono impegnate con tempeste o sorgenti d'acqua, o a rendere sicuro il cammino del viandante o piacevoli i sogni dei dormienti, che cosa fanno le fate? Come trascorrono il loro tempo? Facendo di tutto e occupandosi di tutto. Proprio come gli uomini. Immerse in un'atmosfera di idilliaca armonia, naturalmente, lungo argini informi di chiassosi corsi d'acqua, tra le radici di annose querce, tra avanzi gloriosi di antichi ruderi. E ancora, sulle soglie degli usci di grotte ed anfratti o tra le fondamenta dei fantastici castelli di roccia e di ghiaccio costruiti da venti e piogge.

Ecco chi sono le fate. Alcune di loro sono note, altre no. Più conosciute sono sicuramente quelle che s'incontrano aprendo un vecchio libro impolverato, ma carico di magico splendore: Trilli, Viviana, Morgana.

Viviana è una fata giovane e bellissima ed anche molto generosa e pronta ad aiutare gli altri. Ma è, al contempo, straordinariamente astuta e caparbia ed ottiene sempre quello che vuole. Vive in un palazzo in fondo al lago, ma di tanto in tanto raggiunge la superficie.

È proprio durante una di queste emersioni che il vecchio mago Merlino la vede e se ne innamora perdutamente, e per lei è disposto a tutto.

A Viviana non dispiace del tutto la corte del potente mago, perché le dà la possibilità di scoprire la Magia, e così, sarà lei a consegnare a Merlino la spada Excalibur, che Artù dovrà estrarre dalla roccia.

Merlino, però, è impaziente, e per ottenere i suoi favori arriva a trasformarsi in un avvenente giovanotto.

La bella fata, però, non ci casca, e per concedersi, gli chiede ed ottiene tutti i segreti dell'arte della Magia.

Alla fine, però, Viviana non mantiene fede alla parola data: non solo non cederà alle lusinghe amorose del vecchio mago, ma riuscirà addirittura a relegarlo nelle profondità di una grotta.

Lasciata la residenza del Lago, forte di tanta potente Magia, Viviana si creerà un meraviglioso castello dove alleverà amorevolmente il nipote, Lancillotto del Lago, rimasto orfano del padre.

Quando il ragazzo, divenuto un giovane forte e coraggioso, diventerà uno dei Cavalieri della Tavola Rotonda di re Artù, Viviana resterà sola nel suo splendido, immenso, ma deserto castello, e di lei non si avranno più notizie.

Non prima, però, che un altro dei Cavalieri, sir Parcifal, le riconsegnerà Excalibur, la spada del Re morente, Artù, che lei condurrà nella amata Avalon.

La complicata saga di Avalon, vuole Morgana sorella di re Artù.

Questa vive in un castello di cristallo, la sua trasparente dimora, che di tanto in tanto lascia salendo a bordo di un cocchio, anche questo di trasparente cristallo, tirato da sette cavalli alati.

Sale in alto, verso il cielo, e da qui, lancia in mare una manciata di sassi che a contatto con la superficie dell'acqua la trasformano in cristallo.

Luccicante come una lastra, la superficie del mare riflette in sé tutto il paesaggio, creando miraggi e spingendo i naviganti verso il naufragio.

Morgana, ci racconta il mito, concepì un figlio con re Artù, ignorando che questi fosse suo fratello.

Il nome del bambino è Mordred, e sarà proprio lui ad uccidere Artù, facendo rivivere il mito di Edipo.

Come andarono le cose? Lady Igraine, la bellissima madre di Morgana, dagli occhi azzurri e i capelli di fuoco, attirò su di sé le brame di re Uther, che riuscì a convincere il mago Merlino ad aiutarlo a conquistare la donna.

Moglie del duca di Cornovaglia, Igraine non amava Uther e respinse sempre le sue offerte d'amore.

Re Uther, incapace di accettare il rifiuto della donna, alla fine ricorse all'inganno. Convinse Merlino ad aiutarlo, in cambio della sovrana promessa di cedergli il futuro figlio che avrebbe avuto quella notte dalla duchessa. Trasformatosi in aquila con l'aiuto del mago, raggiunse il castello del duca e ne assunse le sembianze.

Alla bella Igraine fu svelato l'inganno quando ormai tutto era finito. Il duca era morto in battaglia, Uther la chiese e ottenne in sposa, dopo nove mesi, Igraine mise al mondo un bel bambino che, però, dovette a malincuore abbandonare.

Fu Merlino ad occuparsi del piccolo, allevandolo con amore e fermezza e facendo di lui un cavaliere senza paura e senza macchia: quel bambino si chiamava Artù.

Sarà il futuro Re. Lo diventerà quando Merlino lo condurrà fino alla roccia in cui era conficcata Excalibur, la spada che Viviana, la Dama del Lago, gli aveva consegnato e che solo un cavaliere potrà estrarre per diventare Re.

Se da ragazzi, Morgana vivrà nel castello di Cornovaglia e Artù nella casa di Merlino, diventati adulti, i due fratelli resteranno sempre vicini e si aiuteranno fino alla morte di Artù, quando la fata Viviana lo riporterà ad Avalon.

Recitava il grande William Shakespeare:

Se vedi un cerchio delle Fate

in una distesa d'erba

Tieni il passo molto leggero

lì intorno

E passa camminando in punta di piedi...

Per secoli la presenza delle fate era rivelata da segni quasi invisibili ai nostri occhi, come per esempio una foglia che tremava oppure un'improvvisa minuscola luce vicino al suolo. Se un mortale osava avvicinarsi per indagare, il popolo fatato svaniva per proteggersi dagli sguardi indiscreti degli intrusi.

Una persona gentile, che si avvicinava senza disturbarli, invece, poteva sentire le flebili note emesse da minuscoli flauti e vedere per un attimo lo sfarzo di una splendente processione in miniatura.

Questi minuscoli elfi delle foreste e dei campi continuarono a mantenere il medesimo stile di vita che anticamente praticavano i loro progenitori. In un reame dove una foglia diventa un sarcofago, dove una spina può uccidere e dove anche un maggiolino diviene una temibile belva, trascorsero il tempo tra feste, musica, gare di agilità e guerre. Benché fossero ancora meravigliosi nei loro abiti di petalo e nelle splendenti corazze di squame, erano ormai una razza in declino.

Spesso capitava, a qualche fortunato mortale, di assistere alle cerimonie del popolo fatato, ma le ultime voci in proposito parlavano quasi solo di funerali. In effetti, si è sempre sostenuto che gli appartenenti al popolo fatato abbiano avuto una vita molto lunga, soprattutto se paragonata a quella umana, ma non erano immortali.

Tenevo un gioiello tra le dita

E me ne andai a dormire.

Era caldo il giorno, noioso il vento.

Dissi «Si conserverà».

Al risveglio non c'era più il gioiello.

Rimproverai le dita innocenti.

E adesso, una memoria di ametista

È tutto quel che ho.

Emily Dickinson

Splendente

C'era una volta, nell'arco di cielo che ancora oggi guarda l'Elba, una stella luminosa. Era talmente luccicante che la regina delle stelle le aveva dato il nome di Splendente.

Si mormorava nel firmamento che il suo brillare dipendesse dal fatto che fosse innamorata. Anche durante le ore del giorno, quando la luce del sole nascondeva ogni astro, Splendente fissava lo sguardo sull'Elba verso una chiazza verde al centro dell'isola. Proprio in quel punto, viveva l'ultimo degli elfi. Splendente, con l'espressione sognante, lo osservava per ore quasi stregata dal suo canto melodioso e dalla sua gioia di vivere. L'ultimo elfo le pareva felice perché non faceva altro che saltellare e cantare tutto il giorno. Viveva da solo ormai da dieci anni e quando sua madre dovette lasciarlo, lo fece a malincuore, sapendolo l'ultimo della specie, perché senza speranza, ma era stato un miracolo tanto inaspettato che non poterono fare a meno di chiamarlo Dono. Il padre di Dono era svanito, non nel senso di distratto, era proprio scomparso e a sua madre non rimase altro che seguirlo. Questo è il destino degli elfi e delle fate che si uniscono: per sempre!

Dono era cresciuto ascoltando le storie dei vecchi elfi tra ruscelli e prati in fiore e guardando nei loro occhi la bellezza trascorsa nei boschi.

I saggi, gli avevano insegnato ad ascoltare il canto dell'Elba al risveglio e raccontato della danza dei giovani elfi e delle giovani fate in amore. Gli dissero del suono del vento e del bisbigliare degli alberi prima della pioggia, del profumo del mare portato dagli uccelli e della gioia respirata tra i raggi del sole. A volte gli elfi scendevano a valle a spiare la vita degli uomini, così che al loro ritorno ci si raccoglieva a rivelare le nuove scoperte. Una volta videro gli uomini lanciare palle colorate addosso ad un pallino, pareva che la cosa li divertisse molto, non capirono bene il nome del gioco: mocce, gocce, docce, bocce, rocce, ma vollero provare con le arance e un mandarino. Successe che ognuno di loro voleva avere la sua arancia da tirare e alla fine, immancabilmente, il mandarino diventava difficile da trovare, non si riusciva mai a capire che fine gli si facesse fare!

Gli elfi erano tutti così, con la testa tra le nuvole... svaniti, non nel senso di scomparsi... distratti! Erano un po' fatati, anzi, troppo fatati e troppo curiosi.

Fu proprio l'interesse per gli uomini a provocare il rischio della loro estinzione.

Ogni volta che un uomo scorgeva un elfo, questi svaniva, stavolta sì nel senso di scomparire, definitivamente, senza lasciare nessuna traccia, e così, anche le fate da loro amate, per via del loro destino legato assieme indissolubilmente, dovevano lasciare la Terra e seguire gli elfi, per sempre.

Era successo proprio questo agli elfi dell'Elba... troppo curiosi.

Quando Dono si ritrovò solo, non si scoraggiò. In cuor suo non provava alcuna solitudine, al contrario, pareva che la sua esistenza tra la terra e il cielo fosse tutt'una con la sua anima e i suoi ricordi, con i suoni e i colori del bosco, e quando di notte, guardava il firmamento, fissava una stella luminosa, la più radiosa fra tutte, e quella stella diventava la sua speranza.

Dono credeva fermamente che la vita fosse fatta di momenti magici, piccoli momenti magici che doveva catturare nell'attimo in cui li percepiva. Sapeva che non potevano durare a lungo. Per questo ne succhiava l'essenza e ne gioiva profondamente.

In una notte particolarmente serena, come inevitabilmente il destino aveva stabilito, il suo sguardo incrociò quello di Splendente, e ne rimase completamente rapito.

Quel momento magico scombussolò tutti i suoi pensieri sull'esistenza, perché quel momento divenne la sua eternità.

In cuor suo si rafforzò l'idea che la sua specie non fosse finita. Ebbe la convinzione che la vita avrebbe continuato a scorrere, con lui, attraverso lui. Ogni mattina, quindi, si alzava di buona lena con le migliori note in gola e si dava un gran da fare per prepararsi una dimora, un tetto accogliente per due. Sapeva, lo sentiva che la sua fata sarebbe arrivata e con lei avrebbe danzato e cantato all'infinito, per sempre.

Non era un sogno, ne era sicuro, non era un momento fatato e, se a volte, questa sicurezza vacillava, fissava la sua stella luminosa e qualsiasi dubbio svaniva, nel senso che non l'aveva più!

Splendente, dall'alto del cielo pareva sentire ogni desiderio di Dono, poiché le sembrava diventasse suo, e non tardò a chiedere alla Regina delle stelle: «Ti prego, Madre di tutte le stelle, fammi cadere! Sento dentro al mio cuore un'energia che mi spinge verso quel pezzo di terra. Ti prego, fammi cadere!

Sono sicura che Dono sta aspettando la sua fata, e sento di essere io, so di esser pronta, fammi cadere!»

La Regina, che già da tempo l'aveva osservata, non era impreparata alla richiesta. Sapeva che avrebbe dovuto rispettare questo desiderio. Così, ogni qualvolta una delle sue stelle bramava di raggiungere la terra per amore, lei doveva lasciarla cadere, altrimenti si sarebbe spenta. L'amore è così: può far brillare o far consumare.

La Regina rispose: «Domani, figlia mia, domani notte ti lascerò cadere».

Successe che in una delle notti più fredde dell'anno, una scia luminosa accarezzò il cielo, poiché così è il saluto di una stella quando cerca di raggiungere il suo amato. Splendente si spinse sulla terra, e prima di toccarne il suolo era già una fata, volò sul cipresso più alto dove Dono aveva rifugio e attese. L'alba non tardò ad arrivare e con essa il canto degli uccelli. Quando Dono aprì gli occhi al primo raggio di sole, la vide, vide la sua fata. Sorrise l'elfo, felice, sapeva che ciò che stava guardando non era un sogno. Prese per mano Splendente ed insieme fissarono il mare. Un canto accese il suo cuore che visse di vita, di gioia, d'amore e di speranza.

Null'altro si seppe dell'ultimo elfo.

Si pensa sia smarrito nell'amore, sì, come perso, svanito, che non vuol dire scomparso.

Chi vive nell'isola, ancora oggi racconta di una stella cadente che il cuore dell'Elba nasconde, e del canto di un elfo al sorgere del sole, che prima di quello degli uccelli, rinnova il suo amore, poiché da quel mattino, Dono e Splendente vissero felici e contenti, per sempre. Nel senso che non svanirono mai.

La grande quercia

Quando una potente aura magica pervadeva ancora le foreste dell'Europa, si narra che nessun albero fosse più riverito della gigantesca quercia nota con il nome di Monarca della Foresta.

Nello stormire delle sue maestose foglie era possibile percepire la voce di un'Amadriade, la vera anima dell'albero, il cui volto talora appariva fra i disegni del nodoso tronco, deformato come se venisse osservato attraverso un vetro spesso e sporco. Molto altri spiriti, provenienti da lontani luoghi, erano soliti dimorare fra le sue frasche, sui rami o fra le radici. I più facili da osservare erano gli elfi silvani, piccoli omini e meravigliose donnine che talora danzavano felici attorno ai rami, al suono della musica creata dalle rane e dai grilli, durante gli assolati giorni dell'estate.

Molto più difficili da osservare erano le Fanciulle del Muschio della Germania, benevole fate, esperte nella conoscenza delle proprietà medicinali delle piante. Queste erano solite camuffare le loro piccole e pelose facce in maniera tale da assomigliare al muschio che affiora fra le vecchie radici degli alberi. All'interno delle radici degli alberi, in Germania, si trovano anche i piccoli Coboldi, spiritelli maligni che facevano ammalare gli sventurati viandanti che non offrivano loro doni e cibo.

In Italia, invece, le cavità delle querce erano abitate dai Salvanelli, piccoli spiritelli giocosi. La loro attività principale consisteva nel rubare il latte alle mucche dei contadini e nel cavalcare il bestiame sino a quando non cadeva a terra esausto. In Svezia, i grandi Gufi Cornuti che volavano nelle foreste al tramonto e abitavano fra i grandi rami delle querce erano ritenuti pericolosi mutaforma, una razza di elfi chiamata Skogsra.

Si narra che in Inghilterra i fiori selvaggi, la digitale o il campanaccio, se crescevano presso le radici di una vecchia quercia sarebbero presto stati abitati da una Pillywiggin, una piccola fata in grado di vivere solamente dove le api riuscivano a volare.

Sotto le colline irlandesi

Il Grande Re dei Tuatha Dé Danann, il popolo fatato che abitò l'Irlanda nei tempi antichi, era un individuo che veniva onorato con numerosi titoli e fu protagonista di molte leggende. Era conosciuto come il Padre di Tutti, oppure come Signore della Conoscenza e Sole di Tutte le Scienze. Il suo nome, Dagda, significa «Dio Benevolo». Il termine Dagda non fa alcun riferimento ai reali poteri di questo elfico sovrano; vi sono leggende che lo descrivono come un individuo selvaggio e molto ghiotto. In realtà, queste leggende indicherebbero che si trattava di un essere molto versato in ogni ramo del sapere e del comportamento umano, e che era il più potente rappresentante di una razza molto più potente degli esseri umani. La sua mazza da guerra poteva abbattere nove uomini con un singolo colpo, il suo magico calderone non era mai vuoto e poteva dispensare cibo a tutti i guerrieri. La musica della sua arpa, invece, poteva dispensare gioia o dolore, oppure far cadere nel sonno più profondo. Quando la sua schiera fatata abbandonò la superficie terrestre per rifugiarsi sotto le colline irlandesi, Dagda creò quattro regni e ne affidò uno a ciascuno dei suoi figli.

La benevolenza della Regina delle fate

Benché i loro rapporti con gli esseri umani fossero ambigui e imprevedibili, nei tempi antichi è successo che il popolo fatato abbia elargito grandi favori ai nostri simili.

La leggenda ora narrata è un esempio di queste eccezioni, o forse, non del tutto.

Un cavaliere scozzese aveva osato respingere le profferte amorose di una donna che praticava le arti occulte. Questa, resa furiosa dal rifiuto, lo aveva trasformato orribilmente: dove una volta si poteva vedere un giovane e piacente cavaliere, ora c'era una gigantesca lucertola, fredda e scagliosa. Sconfortato da una simile sorte, il giovane si nascose presso un albero per tre mesi. La notte di Samhain (31 ottobre), mentre la luna piena saliva nel cielo e i campi brillavano pallidi della sua luce, la bestia udì un suono di flauti e trombe. Sollevò la pesante testa e osservò lo splendore della Corte Felice, l'eroico popolo fatato della Scozia, mentre si recava in processione attraverso le colline, benedicendo i raccolti dei contadini.
70

L'allegra e solenne compagnia percorse tutta la zona e, alla fine, giunse nel luogo dove lo sventurato cavaliere giaceva in forma di rettile.

La Regina delle fate fermò il suo cavallo, scese di sella e si avvicinò al mostro, ordinando nel frattempo ai suoi di procedere oltre.

Quando la musica fatata svanì in lontananza, si sedette sull'erba e poggiò la testa scagliosa di quell'orribile lucertola sul suo grembo. Lo guardava con tenerezza, e con premura iniziò a passare la sua mano tra le scaglie. La Regina cantò dolcemente una misteriosa nenia. Per tutto il tempo, il cavaliere tacque privo di conoscenza. La luna iniziò a calare, le stelle impallidirono, e a oriente i primi raggi del sole fecero la loro timida comparsa. In quel preciso momento, la corazza di scaglie che rivestiva il cavaliere iniziò a lacerarsi, sino a cadere al suolo, lasciando il giovane nudo e completamente risanato dalla maledizione.

Questi iniziò a ringraziare la Regina delle fate, ma la dama svanì come per incanto nella luce dell'alba, tornando al suo regno sotterraneo.

Ariel, il canto dell'aria

Se con la vostra arte, amatissimo padre, avete

sollevato questo urlo dalle onde selvagge, ora calmatele.

Sembra che l'aria voglia rovesciare fetida pece,

ma che il mare, alzandosi fino al volto del cielo,

ne attenui il fuoco.

William Shakespeare

Su una remota isola, fra la brezza del mare e le dolci melodie, viveva Ariel, una Silfide che può essere considerata l'incarnazione dell'aria. Uno spirito libero dell'aria, piena di grazia.

Dormiva fra i petali delle campanule, cavalcava allegramente sulle spalle di un pipistrello nero e, dalle nuvole, guardava tutti gli uomini della Terra affaccendati nel loro vivere quotidiano. Con il suo canto (anche le sue parole erano una dolce canzone) incantava gli esseri umani e, talora, riusciva perfino a farli impazzire. Conosceva l'arte di dominare e dirigere i venti e sapeva evocare la pioggia e i più terribili fulmini infuocati. Questo spirito, però, non poteva vivere in un'aria che non fosse libera dalla presenza degli esseri umani, per cui da tempo è scomparso, tornando a fare parte di quell'etereo elemento da cui, tanto tempo fa, si era materializzato.

La signora degli Elfi

Nei tempi antichi, un nobile irlandese di nome Eochaid osò mettere in palio durante un gioco la sua bellissima sposa, Etain. Il suo avversario era un Re degli elfi, ed ecco come andò la vicenda. Etain aveva attratto l'attenzione di Midhir, un sovrano dei Tuatha Dé Danann, che l'aveva incontrata in segreto promettendole che un giorno l'avrebbe condotta nel suo invisibile regno. La donna aveva acconsentito, ma non poteva lasciare il marito senza il suo esplicito permesso.

Midhir aspettò un anno intero, poi si presentò al castello di Eochaid.

«Chi sei?», domandò il nobile.

«Midhir di Bri Leith.»

«Quale motivo ti ha spinto a recarti in mia presenza?»

«Vorrei giocare con lei, milord, a fidchell.»

Il fidchell era un gioco simile agli scacchi. Si utilizzavano statuette dorate che si muovevano su di un piano di gioco d'argento. A questo gioco, il nobile Eochaid si considerava un campione, per cui accettò di giocare con lo straniero senza alcun problema. Come unica condizione, pretese che fosse messa in gioco una posta. Midhir, sorrise, ed esclamò: «Cinquanta splendidi cavalli neri con la testa rosso sangue.» Così fu.

Midhir perse la partita e pagò la posta prescritta. Ottenne di giocare una seconda volta, mettendo in palio una posta ancora più ricca, cinquanta bellissime barche e cinquanta spade con l'elsa d'oro. Perse nuovamente, e consegnò senza battere ciglio a Eochaid quanto dovuto.

Decisero di fare una terza partita, e quando Eochaid chiese qual era la posta.

Midhir esclamò: «Quello che il vincitore chiederà sarà suo!»

Il nobile accettò.

Questa volta, il Re degli elfi vinse, e pretese il suo premio: abbracciare Etain e ricevere un bacio dalle sue labbra. Eochaid esitò, ma l'onore non gli concedeva alcuna scelta. Acconsentì quindi al desiderio di Midhir, ma gli disse di passare dopo un mese per riscuotere il suo premio. Quando il sovrano fatato giunse all'appuntamento, trovò Etain nella corte, circondata dai guerrieri e dal marito. Non ebbe paura e iniziò ad avanzare, mentre la schiera si apriva magicamente per lasciarlo passare.

Si avvicinò alla donna, passò la spada dalla mano destra alla sinistra, e con il braccio libero cinse l'amata. Come per incanto, i due si sollevarono sempre più in alto, sino a quando sembrarono due uccelli, forse due cigni, che volavano via, lontano dal paese. Raggiunsero la luminosa terra del fatato sovrano, dando inizio a una guerra fra gli uomini e il popolo di Midhir, il quale, però, non abbandonò mai la sua moglie mortale.

La fata Morgana

Fra le creature del reame incantato particolarmente nota era Morgana, la fata alla quale abbiamo già accennato. Molte storie narrano delle sue imprese, una, la più accreditata, rivela che Morgana governava Avalon, l'isola delle mele incantate, e alcune leggende sostengono che abbia preso con sé re Artù, quando venne mortalmente ferito nella sua ultima battaglia. Anche un altro valoroso cavaliere, narrano le leggende, andò a vivere con lei nell'isola fatata.

Un bambino era nato alla Regina di Danimarca. Sei fate erano state invitate al suo battesimo, e Morgana era una di loro. Ciascuna fece un dono al bimbo. La prima lo rese coraggioso; la seconda gli donò l'occasione per mostrare il suo valore al mondo; la terza gli fece dono dell'invincibilità, la quarta lo rese piacevole e simpatico, mentre la quinta gli conferì un'indole amabile. Morgana s' innamorò del bambino, e gli donò se stessa. Disse che, quando fosse giunto il tempo, l'avrebbe portato sulla sua isola e avrebbe vissuto con lei.

Il giovane crebbe e divenne uno dei cavalieri di Francia. A causa della sua origine, era conosciuto come Ogier il danese.

Visse a lungo e divenne famoso in tutto il mondo per le eroiche avventure che compì. Quando Ogier divenne vecchio, Morgana non attese oltre, fece naufragare vicino ad Avalon la nave su cui il cavaliere stava viaggiando. Questi raggiunse l'isola, dove trovò un bellissimo frutteto. Fra gli alberi stava Morgana, bella come l'aurora, che infilò un anello al dito del cavaliere, facendolo tornare immediatamente giovane. I lineamenti dell'uomo si addolcirono e gli anziani occhi tornarono a risplendere della luce della gioventù. Poi la fata gli pose una corona sul capo. Fu così che Ogier il danese divenne un prigioniero volontario dell'amore del popolo fatato. La leggenda narra che visse ad Avalon per secoli.

La donna serpente

Gli antichi cronisti narrano di creature fatate chiamate «Lamia», le quali erano solite apparire sotto sembianze terrificanti, come enormi serpenti o mostruose creature con zanne e scaglie. Questi esseri fatati, però, erano veramente pericolosi quando non avevano questa forma, ma quando assumevano le sembianze di bellissime fanciulle.

Benché la loro natura le portasse a cercare l'amore degli uomini, rappresentavano il lato oscuro e mortale della popolazione di Faerie.

Una volta, presso Corinto, un giovane, chiamato Licius, incontrò una donna così bella e aggraziata da rimanerne conquistato in un istante. Lei gli sorrise con fare adorante e non passò molto tempo che divenne la sua donna. Le ore trascorse assieme erano talmente piene di gioia che Licius, un giorno, decise di sposarla. Organizzò una meravigliosa festa di nozze, ma al culmine della cerimonia, notò che la moglie era divenuta pallida e assente. Continuava a tremare incessantemente e il suo respiro era divenuto una serie di piccoli sospiri sibilanti. Quando le si avvicinò, la donna con un gesto gli chiese di tornare fra gli invitali, indicandogli un vecchio che presenziava
76

la cerimonia. Era il precettore di Licius, un filosofo che lo aveva guidato e cresciuto come se fosse stato un figlio.

Lo sguardo del vecchio era fisso sulla donna, e la sua espressione era tetra. Il filosofo aveva visto oltre, o forse dentro quel corpo. Alla fine l'anziano precettore chiamò Licius, e gli disse arrabbiato e amareggiato: «Non avrei mai pensato che avresti preso per moglie un serpente. Morirai sicuramente fra le sue spire.» Un ululato di dolore percorse l'intera sala gremita di gente. La donna cadde a terra e, in pochi istanti, tutti videro che scompariva, lasciando al suo posto una creatura con scaglie verdi, dorate e color zaffiro. Si era trasformata in un gigantesco serpente. Troppo tardi il filosofo aveva compreso la reale minaccia. Licius morì all'istante e il suo abito nuziale divenne il suo sudario.

L'elfo del cigno

Se le antiche mitologie dicono la verità, alcuni elfi giunsero nel nostro mondo per aiutare i mortali indifesi. Questi individui, talora, si sposavano con uomini e donne delta nostra specie. Il loro destino, però, era spesso determinato dalla fragilità umana e dai suoi errori.

Una leggenda narra le gesta del Cavaliere del Cigno. Nella terra delle Fiandre accadde che Elsam, una giovane ereditiera rimasta orfana, fosse affidata alla tutela di un cavaliere chiamato Telramund. Questi era un individuo privo di scrupoli che, per ereditare anche i possedimenti della giovane, decise di sposarla. Dichiarò quindi che la fanciulla gli aveva concesso la sua mano. Lei, invece, lo contraddisse pubblicamente e lo rifiutò. Alla fine, la questione giunse davanti all'Imperatore tedesco ad Anversa, che decise che tutto si sarebbe risolto con un giudizio divino. Telramund avrebbe dovuto combattere il campione di Elsam, ammesso che qualcuno avesse accettato di rivestire tale ruolo.

In quel momento nel castello del Graal, che si trovava assai lontano da lì, sull'isola di Monsalvach, le campane iniziarono a suonare. I cavalieri si riunirono e uno di essi partì. Il giorno prescritto, la corte si riunì presso le rive del fiume Schelda. L'araldo chiamò a voce alta un campione. Quando il suono della sua tromba si spense, una nave trainata da cigni giunse dal fiume. Veniva da Monsalvach, e portava a bordo il cavaliere che avrebbe difeso l'onore della fanciulla. I due avversari combatterono per tutto il pomeriggio, le loro armi cozzarono duramente contro gli scudi. Alla sera, il Cavaliere del Cigno sferrò un colpo mortale a Telramund, che cadde esanime al suolo.

Elsam sposò il valoroso campione e visse felice al suo fianco per molti anni. Ma non per sempre. L'elfo del Cigno pose una condizione alla loro unione, avvertì, infatti, la donna di non chiedergli mai le sue origini. Il tempo trascorse, ma alla fine, la curiosità di lei ebbe il sopravvento, e la fatale domanda fu posta. Il cavaliere si rattristò e, lentamente, tornò sulla riva della Schelda, dove la magica nave placidamente giunse per accoglierlo e riportarlo alla sua terra natia. Salì triste a bordo e, appoggiato allo scudo, continuò a fissare la riva sino a quando Elsam scomparve per sempre dalla sua vista.

La fata della morte e quelle della montagna

Nella tradizione irlandese, si parla di una fata portatrice di sventura e morte, il suo nome è Banshee. Appare nelle famiglie nelle quali qualcuno sta per perdere la vita e lei con un linguaggio incomprensibile, ne annuncia la morte. Le sembianze con cui si mostra possono essere differenti. Bellissima con un viso splendente, oppure brutta, vecchia e gobba; ma bella o brutta è sempre portatrice di morte. Tutti gli irlandesi credono a Banshee e sembra che ogni famiglia ne possieda una. In Scozia, la fata della Morte ha un solo aspetto: orrendo. Ella ha una sola narice, denti sporgenti e mammelle cascanti. Il suo nome è Bean Nighe (piccola lavandaia del guado), perché la si vede lavare nel fiume i vestiti insanguinati della persona destinata a morire.

Sul monte Oc, si racconta dell'esistenza del famoso «Palazzo delle Fate». Molte storie narrano dei suoi abitanti, le fate della montagna. Donne alate vestite di veli bianchi, verdi o azzurri, bellissime creature che periodicamente rapiscono una persona e la portano nel loro «Palazzo», nella loro magica dimora. Le persone rapite vengono portate nella famosa stanza del tesoro, una camera immensa colma di gioielli, oro e pietre preziose. Il fortunato può scegliere cosa portarsi via, anche tutto. Si racconta che la maggior parte dei prescelti iniziava a raccogliere avidamente da terra i tesori e si riempiva le tasche il più possibile; ma alla fine, arrivato a casa, le sue tasche erano piene soltanto di carbone. Ma se la persona rapita riusciva a resistere alla tentazione dell'oro e chiedeva di restare con le fate nel loro palazzo, oppure la sua richiesta consisteva nel ricevere in dono la sapienza, allora, riceveva ricchezze e una lunga e felice vita. Il «Palazzo delle Fate», però, non esiste soltanto sul monte Oc, ma è stato visto anche in altri posti. Forse le fate lo fanno materializzare in altri luoghi, in altri tempi.

Merlino incontra Cialciut, il folletto vampiro

Una notte, Merlino, incontra una creatura errante della notte, ricoperta di peli ispidi che si aggirava per le tante cittadine alla ricerca di sangue. Era un diabolico folletto che turbava il sonno degli uomini, sedendosi sul loro petto e cibandosi del loro sangue, ma non li uccideva. Molti uomini sono stati sorpresi dal «Cialciut», questo il nome del folletto vampiro, e poi ritrovati addormentati nei boschi o sul ciglio delle strade. Al loro risveglio provavano soltanto una sensazione di debolezza e di mancanza d'aria.

Robin, il giullare

«Io sono il simpatico viandante della notte!», urlava l'elfo Robin Goodfellow, conosciuto dai contadini anche con il nome di Puk. Era un vero e proprio giullare fra gli abitanti di Faerie, un individuo che attirava gli esseri umani nelle paludi, allungava le mani sulle virtuose ragazze e seminava discordia ovunque, gettando zizzania e spargendo pettegolezzi di ogni genere. Si narra che le persone, stregate dalla sua magica siringa, danzassero come fanno gli orsi ammaestrati nel circo, e che questa creatura, gioiva nel creare ogni sorta di confusione nel mondo degli esseri umani, divertendosi poi della follia che ne derivava.

La Rusalka innamorata

Aggraziate incantatrici dei fiumi, delle sorgenti e dei pozzi, le Rusalky della Russia erano ritenute assassine d'uomini, che seducevano le loro vittime fino a farle annegare. Non tutte le Rusalky, tuttavia, odiavano gli esseri umani. Molte li amavano.

Una di loro, perdutamente innamorata di un principe, fu disposta perfino ad abbandonare il suo lago natio pur di sposarlo. La fanciulla, però, pose una condizione ben precisa al suo sposo: poteva rimanere fra i mortali fin quando lui non l'avesse tradita. Passò il tempo, il principe le rimaneva fedele, ma poi un giorno, questi la tradì, come spesso fanno i mortali. La fata tornò allora alla sua antica dimora. Il principe, distrutto dal rimorso, corse da lei. Quando la chiamò, la fanciulla fatata sorse dal lago. Lui si inginocchiò per abbracciarla, ma lei gli ricordò che era tornata al suo elemento naturale e che ora era pericolosa: l'abbraccio di una Rusalka portava alla morte. Il principe decise ugualmente di stringerla tra le sue braccia e la baciò, morendo subito dopo. Divenuta vedova, la fatata creatura tornò definitivamente alla sua triste vita.

La ninfa dell'acqua

Quale mortale avrebbe potuto guardare impunemente negli occhi una ninfa? Si narra che un antico greco, non ci riuscì. Si chiamava Hylas, ed era un avventuriero e un viaggiatore che aveva a lungo navigato sul mar Egeo.

Un giorno giunse a una spiaggia dell'isola di Chio, e abbandonati i suoi compagni, si avventurò nella vicina foresta alla ricerca d'acqua dolce.

Dopo aver camminato a lungo, raggiunse una sorgente dove dimoravano alcune bellissime ninfe. Queste stavano giocando fra le fiorite ninfee, ma s'interruppero non appena videro il bellissimo mortale che si avvicinava, si chinava e immergeva la sua borraccia nell'acqua. Una delle fatate fanciulle lo fissò con occhi così ardenti che Hylas si fermò, incapace di muoversi e di guardare altrove.

Lentamente la ninfa sollevò le sue mani, soffici, meravigliose, eppur mortalmente fredde. Prima di poter proferire parola, il giovane venne afferrato e trascinato nelle buie profondità della sorgente.

Nessuno lo rivide più. I suoi compagni setacciarono per giorni l'isola alla sua ricerca, gridando il suo nome in ogni grotta o cespuglio. Alla fine, giunsero alla sorgente, e qui trovarono la soluzione del mistero: intravidero a grande profondità una forma simile al loro amico, che gesticolava verso di loro, incapace di lasciare l'acqua, che ormai lo aveva conquistato per sempre.

Merlino e la Regina della Neve

Incantevole come un cristallo di ghiaccio, la Regina della Neve era molto amata dai bambini danesi, anche se i suoi doni potevano essere assai pericolosi, come narra un'antica e conosciuta leggenda.

Una volta, tanto tempo fa, una città del fiordo era stretta nella morsa del gelo, e un ragazzino osservava dalla sua stanza i fiocchi di neve che turbinavano fuori dalla finestra. La sua attenzione fu attratta da un grosso fiocco che si incollò, come per magia, sul suo vetro. Questo fiocco cominciò a trasformarsi, fino a raggiungere le sembianze di un'alta donna che cavalcava il vento invernale. Sorrise con affetto al ragazzo, attraverso il vetro, poi scomparve.

Ammaliato dalla visione ricevuta, il bimbo corse giù dalle scale fino in strada, dove incontrò la donna, e capì che si trattava della Regina della Neve. Lo attendeva su una bianchissima slitta trainata da cavalli candidi come quei fiocchi. Gli tese la mano e lo aiutò a salire sulla slitta e ad accomodarsi fra le nevose pellicce che la coprivano.

A un suo cenno, la slitta si mosse, e i cavalli la trascinarono velocemente per le strade e poi su nel cielo. Volarono sopra le siepi e i tetti, con la neve che frustava i loro volti. Usciti dalla città, la donna si avvicinò al ragazzo e lo baciò sulla fronte con le sue labbra di ghiaccio. Questi sentì un intenso freddo che gli raggiungeva il cuore, ma la creatura fatata si limitò a sorridergli affettuosamente e a incitare i cavalli perché accelerassero l'andatura. Alla fine, i cavalli trainarono la slitta fino al palazzo della Regina, su un gelido e isolato altopiano della Lapponia. Il ragazzo avrebbe potuto rimanere per sempre nel magico castello in compagnia della Regina della Neve.

In Danimarca, però, c'era una persona che lo amava. Era una fanciulla che lo cercò per tutto il mondo fino a quando riuscì a trovarlo. La ragazza affrontò innumerevoli pericoli, e grazie al suo amore, riuscì a convincere il ragazzo a tornare nel mondo degli uomini.

La Regina della Neve rimase sola nel suo gelido palazzo, dove pianse lacrime di ghiaccio, in attesa di poter irretire un altro giovane.

Il vecchio avido

Quando la gente delle regioni occidentali della Gran Bretagna parla degli incontri fra i mortali e il popolo fatato, non tralascia mai di narrare la triste avventura capitata a un vecchio avido e gretto, che amava il denaro più di quanto un ubriacone non ami il suo vino o un libertino le donne.

Come tutti gli altri abitanti della cittadina di St. Just, in Cornovaglia, anche questo miserabile sapeva che il popolo fatato della regione possedeva ricchezze oltre ogni immaginazione, e che queste potevano essere ammirate durante le feste che gli abitanti di Faerie facevano alla luce della luna piena. Si riteneva che salire sulla collina, dove avvenivano queste feste, poteva costare la vita a un essere umano. Ma il miserabile era solito dire: «non si può vedere nulla da lontano».

Così, la successiva notte di luna piena lasciò il villaggio, a piedi e da solo, e si avvicinò furtivamente alla collina fatata. La notte era così chiara che il vecchio poté ammirare ogni singola foglia dei cespugli circostanti.

Non appena cominciò a osservare, la collina iniziò a tremare, si aprì un varco in un suo fianco e ne uscì una banda di minuscoli musicisti che marciavano suonando tamburi e cornamuse.

Dietro a questi, apparve la splendente processione dei nobili, mentre i servi correvano ad apparecchiare le tavole con stoviglie d'oro massiccio.

La paura e l'avarizia combatterono per breve tempo nell'uomo, poi la seconda ebbe la meglio. Camminando carponi, il vecchio raggiunse una tavola e cercò di rubare l'oro.

Non aveva però visto le guardie, minuscole creature chiamate Spriggan, che giravano attorno alle sue ginocchia. Rapide e silenziose, queste guardie attorcigliarono con sottilissime funi le sue gambe, stando bene attente a stringere solo quando il miserabile si sarebbe alzato con il cappello pieno d'oro. Quando questo fece tale gesto, le guardie con un colpo secco tirarono le funi e lo fecero cadere supino sull'erba. Subito gli furono addosso, e lo immobilizzarono con altre funi.

«La luna non è abbastanza d'oro per attirare le tue brame?», scherzò una vocina. Era uno Spriggan che danzava sul suo naso.

Per tutta la notte il vecchio rimase legato in terra, sbeffeggiato dalle fate e punto da centinaia di spine e lance minuscole. All'alba, il popolo fatato si allontanò tra le foglie e lasciò libero dai suoi sovrannaturali legami il vecchio avido. Questi tornò a casa e non raccontò nulla ai suoi vicini. Il suo segreto, però, non durò a lungo. Qualcuno seppe cosa era accaduto, forse furono gli stessi Spriggan a diffondere la notizia per punirlo ulteriormente, e la storia passò di bocca in bocca.

Il gigante Aegir e Merlino

Presso i marinai dei tempi antichi, anche il più intrepido riconosceva la potenza del regno dei mari e pagava un tributo ai suoi spiriti. I norvegesi, quei feroci navigatori che erano il flagello dell'Europa, non temevano gli uomini, ma si inchinavano di fronte agli Dei che governavano gli abissi. Di questi Dei, il capo era il gigante Aegir, il cui vero nome significava «mare».

Egli era il signore del profondo oceano, di quelle contrade selvagge e lontane dalle zone perlustrate dagli uomini, temuto persino dallo stesso dragone scolpito sulla prua delle lunghe navi norvegesi. Aegir, era un Dio dei mari calmi; tuttavia, al di sotto delle acque bianche che spumeggiavano attorno alla prua delle imbarcazioni, in un ambiente d'oro, celato tra le più profonde cavità del fondale marino, si nascondeva la sua compagna, Ran, la «ladra», una divinità crudele, sempre avida dei corpi e delle anime degli uomini.

Ran si serviva di una rete per intrappolare le navi e trascinarle negli abissi, mentre le sue nove figlie dai capelli biondi assumevano la forma di onde omicide e inghiottivano i vascelli. Quei mortali catturati da Ran e dalle figlie morivano nel gelido abbraccio dell'oceano, e le loro solitarie ombre
86

discendevano nell'acqua fino all'antro degli Dei marini. Là, essi vivevano per sempre come fantasmi, lontani dalla luce del sole, dalla brezza marina e dal conforto della compagnia degli uomini e le pagavano un tributo in oro affinché i loro spiriti potessero far festa.

Negli abissi marini, l'oro splendeva come fuoco, e veniva chiamato dai norvegesi la «fiamma del mare». Prima di annegare, gli sfortunati marinai tenevano ben stretto il loro oro, poiché sapevano bene che solo quello avrebbe aiutato i loro spettri nel regno sommerso. Il popolo delle coste norvegesi sapeva in anticipo quando la Dea avrebbe abbracciato la loro progenie, in quanto la notte prima i fantasmi degli annegati si sarebbero visti sulle spiagge e nei villaggi dove avrebbero bevuto birra. Per placare la fame di vite del mare, i marinai facevano offerte religiose. Inoltre, uno su dieci dei loro prigionieri veniva gettato negli abissi per nutrire la dea Ran, sperando, così, di avere un sicuro ritorno alle proprie case.

Idra, la bestia

Non tutti gli spiriti delle fresche acque del mondo assumevano forma umana: vicino a Lerna, sulla costa orientale della Grecia, era nascosta l'Idra, una bestia con molteplici teste di serpente, tra cui una immortale, e un fiato così pestilente che poteva uccidere. La sua dimora era l'immensa palude di Lerna, dove un mostruoso granchio le teneva compagnia. L'Idra si spingeva anche nella fertile regione attorno alla palude, terrorizzando gli abitanti. Nel corso delle sue avventure, l'eroe Eracle sfidò l'Idra. Con l'auriga accanto, costrinse il mostro a uscire dalla sua tana, attaccandolo con frecce incandescenti. Infuriata, Idra si lanciò contro di lui e gli si avviluppò alle gambe e con le teste frementi lo attaccò. Contemporaneamente il suo compagno granchio pizzicò ai piedi l'eroe con le sue enormi chele. Eracle schiacciò il granchio con il piede. Con la clava colpì le teste di Idra, e il suo auriga bruciò i monconi con tizzoni ardenti, poiché nuove teste crescevano quando il sangue della bestia fuoriusciva. Poi Eracle staccò la testa immortale e la seppellì in profondità, attutendo il sibilo che non cessava mai. Egli immerse le frecce nel sangue di Idra; cosicché da quel momento, le frecce dell'eroe, avvelenate dal liquido del mostro, riuscirono sempre ad uccidere il suo avversario.

Merlino, le sirene del mare e le ondine

Fin da secoli lontani apparvero sulla spuma delle onde, fra la solitudine o sulle spiagge ridenti, le figlie del mare, colle chiome d'oro o verdi come lo smeraldo, cogli occhi lucenti, colle ali bianche e la voce armoniosa, che prometteva ogni felicità ai marinai affascinati. E mentre le belle fanciulle sorridevano sulla terra, e scherzavano le ninfe all'ombra dei boschi, le sirene ammaliatrici erano regine dei mari meridionali d'Europa, e le «Mermaids», specie di nordiche sirene, imperavano sotto il triste cielo di altre regioni, colle bionde chiome disciolte e colle arpe d'oro in mano. Esse erano anche esperte nel trarre gli uomini a rovina nelle profondità del mare, vicino al misterioso Kraken (enorme mostro marino leggendario), al grande serpente ed alle schiere di naufraghi o di dannati, e ballavano di notte sulle onde del Baltico e del mare del Nord, insieme cogli uomini verdi del mare, appassionati anch'essi per le liete danze, al pari dei folletti e degli elfi della terra.

Per ritrovare le origini di queste belle e perfide donne del mare, ingannatrici come le onde, dobbiamo ricordare miti antichissimi, i quali si confondono insieme nelle loro figure. Esse hanno una certa relazione colle «Apsare» o donne cigni che, nella loro remota origine, ci ricordano le nubi luminose.

Ma esse sono anche miti del vento, poiché hanno la facoltà di allettare in modo irresistibile i cuori colle voci dolcissime, e per questo motivo hanno una grande affinità con Orfeo e con Mercurio in certi loro aspetti. Anticamente, passavano sulle onde con le ali d'oro, e mostravano una ingannevole faccia virginea, o con ali bianche volavano come i falchi, spiando le navi ed ingannando i marinai. Benché avessero aspetto di bellissime fanciulle, pur si poteva trovare in loro qualche somiglianza con le Arpie, o con altri uccelli tempeste di diverse mitologie. Ma ciò non basta ancora, perché le sirene hanno pur forma di fanciulle colla coda di pesce, ed in questo caso dobbiamo trovare in esse miti lunari.

L'antichità classica lasciò con la magia del verso tali ricordi delle sirene, e la credenza nella loro esistenza era così viva in mezzo al popolo della Grecia e dell'Italia fin da tempi lontanissimi, che il Medioevo non seppe dimenticarle. Per questo motivo intorno ad esse si moltiplicarono le leggende narrate dal popolo, mentre vi era ancora chi affermava che esistevano realmente, ed esse furono con frequenza ricordate nella poesia medioevale. Vi furono pure illustri guerrieri, che menarono vanto di discendere dalle divine fanciulle dell'acqua, al pari dei conti di Lusígnano, che furono Re di Cipro e di Gerusalemme, e dicevano che uno dei loro antenati, Raimondo di Tolosa, aveva sposato una specie di ninfa o sirena, chiamata Melusine. In questa famosa sirena medioevale, bella come Partenope, adorata sulla spiaggia napoletana, e che non ha le ali d'oro come le sirene cantate da Ovidio, o le ali bianche come quelle ricordate da Apollonio, dobbiamo trovar non solo il ricordo delle classiche sirene, mutate in rupi dalla divina arpa di Orfeo, ma anche una trasformazione della Mylitta babilonese, Dea della luna, e di altri miti lunari. Mentre tante divinità inferiori del mare, create in parte dalla fantasia dei nostri padri antichi, sono dimenticate dal popolo, che non sa più dire cosa alcuna delle «Oceanidi» belle e delle figlie gentili di Nereo, il ricordo delle sirene è indimenticabile fra gli abitanti di molte spiagge nostre meridionali.

Si potrebbe affermare che fra le leggende marinaresche quelle che dicono del fortissimo nuotatore Niccolò Pesce e delle sirene siano le più popolari in certe regioni d'Italia. E forse, quando i pescatori di Napoli, della Calabria e della Sicilia vanno di notte sul mare nelle barchette brune, e cantano la canzone dell'amore o quella del dolore, il suon dell'arpe d'oro si accompagna al loro canto col mormorio delle onde, bianche figure splendenti si mostrano sull'acqua che trema, ed al pari dei loro padri antichi essi odono altri canti armoniosi che promettono l'amore e la felicità.

Le sirene non si dilettarono solo nel trarre a perdizione i marinai colle promesse ingannevoli e con l'armonia delle loro voci divine, ma spesso presero parte ad azioni diverse narrate in molte leggende e novelline popolari.

Le Ondine marine, figlie di Aegir, Re del mare, e di Ran, la bellissima sposa, avevano come compito di guidare i naviganti, soccorrere i naufraghi e, se possibile, riportare alle madri i marinai annegati.

Le Ondine erano nove e i loro nomi ricordano le saghe vichinghe e nibelunghe:

Himinglifa – Dufa – Hadoha –Hedring – Udir – Hronn –Bylzia – Bora – Kolga.

Quando non erano impegnate a proteggere o soccorrere i naviganti, passavano il tempo giocando e nuotando con tritoni, delfini, cavallucci marini ed altre creature del mare. Oppure, se ne stavano sugli scogli e promontori a suonare, danzare e cantare, poiché una delle loro qualità era il suono struggente della voce, capace d'incantare ogni essere.

Erano creature bellissime, ma dalla vita in su, poiché erano creature ibride: metà donna e metà pesce.

Anche le Ondine di fiume lo erano.

Queste abitavano le insenature di fiumi, scogli, grotte, argini informi e, come le compagne marine, guidavano i naviganti fluviali con i loro meravigliosi canti, e come quelle marine, erano bellissime e piene di fascino. Avevano lunghissimi capelli che coprivano spalle e seni, fluttuanti al vento e dai riflessi blu, che ornavano con fiori e minuscole conchiglie. Erano immortali, ma non possedevano un'anima, così, in caso di morte, sarebbe stato loro precluso di andare in paradiso.

Però, avevano una possibilità per guadagnarsi l'anima: far innamorare di sé un mortale e dargli un figlio.

Struggenti leggende sono nate intorno agli amori, spesso infelici e tragici, tra un'Ondina e un mortale, nonostante che l'Ondina ne conoscesse l'epilogo in anticipo. Sì! Poiché queste mitiche creature possedevano anche il dono della preveggenza e potevano leggere il proprio futuro attraverso quello di chi stava loro accanto. Ma la forza dell'amore spesso non si può evitare.

Di indole benevole e pacifica, erano, però, implacabili se ingannate o umiliate.

Merlino e il Golem

Un uomo artificiale d'argilla. È un personaggio chiave delle leggende praghesi. Il vocabolo ebraico Gòjlem riporta ad un germoglio, ad un embrione. Il concetto implica quindi qualcosa di incompiuto.

Bisogna prima purificarsi. Solo così si può ergere un Golem. Impastare un pupazzo con terra vergine, poi girargli intorno più volte recitando in molteplici permutazioni le lettere del tetragramma. Girare 462 volte in senso orario, e per metterlo in moto gli si incide sulla fronte la parola EMET (verità), oppure gli si pone in bocca lo Schem (foglio con il nome impronunciabile di Dio). Per distruggerlo? Bisogna girare in senso inverso a quello della creazione, recitando al contrario il tetragramma, si cancella la prima lettera del vocabolo Emet in modo tale che si legga MET (morte), oppure si toglie dalla bocca lo Schem.

La leggenda del Golem nasce con il Rabbino Low (l'aria), vissuto a Praga dopo il 1500. Una notte dell'anno 1580, dopo aver fatto il bagno rituale nella Mikwe, e recitato il tortuoso salmo 119, e letto i brani del Seferjezira, il Rabbino Low, il genero Jizchak ben Simson (il fuoco) e il discepolo levita Jakob ben Chjim Sasson (l'acqua) nelle loro vesti bianche, alla luce di torce, si recarono presso le sponde della Vtlava (la moldava), dove vi erano cave di salnitro e fango, e con questi modellarono il Golem (la terra).

Quindi Jizchak, da destra, e Jacob, da sinistra, combinarono le lettere e trasfusero nel corpo di argilla l'uno il fuoco e l'altro l'acqua. Il Rabbino gli pose in bocca lo Schem e gli ordinò di levarsi sulle gambe e di obbedire come un servo. Il Golem era molto alto, goffo, ma dotato di una forza sovraumana. Ogni venerdì il Rabbino toglieva lo Schem di bocca al Golem per renderlo innocuo.

Un venerdì, se ne dimenticò, e andò a presenziare la cerimonia nella Sinagoga. Il Golem iniziò a dare in escandescenza, e dopo aver distrutto ogni cosa lì dov'era tenuto, uscì e incominciò ad uccidere gli animali del cortile. Della gente corse ad avvertire il Rabbino, che lasciata la Sinagoga si avvicinò furtivamente al Golem e gli tolse di bocca lo Schem. Il Golem si afflosciò su se stesso. Se solo fosse passato il sabato non si sarebbe potuto fare niente ed il Golem avrebbe distrutto ogni cosa. Quindi, il Rabbino, aiutato da due servi, fece l'incantesimo al contrario e il Golem tornò ad essere semplice argilla.

Merlino, Gandalf e Silente

Stregoni, maghi di merliniana memoria. «La verità... è una cosa meravigliosa e terribile, e per questo va trattata con grande cautela», Albus Silente. Ma chi era costui?

Era alto, magro e molto vecchio, a giudicare dall'argento dei capelli e della barba, talmente lunghi che li teneva infilati nella cintura. Indossava abiti lunghi, un mantello color porpora che strusciava per terra e stivali dai tacchi alti con le fibbie. Dietro gli occhiali a mezzaluna aveva due occhi di un azzurro chiaro, luminosi e scintillanti, e il naso era molto lungo e ricurvo, come se fosse stato rotto almeno due volte. L'uomo si chiamava Albus Silente.

Silente è molto alto e magro, con capelli bianchi e lunghi, così come la barba, talmente lunga che spesso la infila nella cintura della veste come se fosse una cravatta. Porta un paio di occhiali con lenti a mezzaluna e i suoi occhi sono azzurri e profondi; spesso le sue dita sono descritte come «molto lunghe», il che è un dato importante, poiché lo sono anche le dita di Lord Voldemort. Dunque, la lunghezza delle dita sembra essere un tratto distintivo dei maghi molto potenti. Dalla storia si apprende, inoltre, che ha una cicatrice sul ginocchio, che raffigura una piantina esatta della metropolitana di Londra. Per quanto sia molto anziano, spesso mostra di possedere una forza sorprendente.

I suoi segni particolari sono, quindi, questa cicatrice e una bacchetta di sambuco.

Caratterialmente, per la sua natura a volte misteriosa, a volte edificante, rassicurante, comica, a volte addirittura severa, è uno dei personaggi più particolari dell'intera storia. La sua grande saggezza e notorietà ne fanno il mago più rispettato del suo tempo, l'unico veramente temuto da Lord Voldemort. Ma dietro al mago c'è anche un uomo. Appassionato di musica e di dolci (tranne le gelatine tuttigusti+1, con cui ha avuto una sfortunata esperienza da giovane, quando ne mangiò senza saperlo una al gusto di Vomito), ama seguire sulle riviste Babbane le rubriche di lavoro a maglia.

Fedele alle sue idee e ai suoi scopi, disposto a concedere sempre fiducia alle persone, convinto che in ognuno ci sia qualcosa di buono e positivo, spesso è in contrasto con le autorità magiche che lo vorrebbero un po' più malleabile e controllabile.

Il suo carattere presenta innumerevoli sfumature, alterna momenti in cui appare tremendamente vecchio a momenti in cui emana un'imponente aura di potere, la stessa aura che fa capire per la prima volta a Harry Potter perché si dice che sia lui l'unico mago temuto da Lord Voldemort, in contrasto con l'immagine stessa che Harry aveva avuto di lui fino a quel momento. La caratteristica principale di Silente, e che forse lo caratterizza maggiormente, è tuttavia la sua natura bizzarra, ironica e brillante. Così ad esempio ai banchetti di apertura dell'anno scolastico saluta gli allievi con un «voglio dirvi solo una parola: Abbuffatevi!», di cibo o di sapere, chissà.

E poi, sono citate spessissimo le sue classiche «occhiate scintillanti» attraverso gli occhiali a mezzaluna.

Gandalf, così si presenta al nemico, al Balrog.

Sono un servitore del Fuoco Segreto, e reggo la fiamma di Anor. Non puoi passare. A nulla ti servirà il fuoco oscuro, fiamma di Udûn. Torna nell'Ombra! Non puoi passare.

In origine era un Maiar, e il suo nome in Valinor era «Olórin» (colui che suggerisce i sogni). Egli era associato a Manwë e a Varda, anche se dimorava nel giardino di Lórien, e le sue strade lo conducevano spesso nelle case di Nienna, da cui apprese la pietà e la pazienza.

Era il più saggio dei Maiar, e benché, prima del suo arrivo nella Terra di Mezzo come Istar, non vi si fa parola di lui nelle cronache, egli amava molto gli elfi, e aggirandosi tra di loro invisibile, oppure trasformato come essi, donava loro belle visioni e suggerimenti di saggezza.

Più tardi, divenne amico anche degli uomini, per i cui dolori impietosiva, e coloro che lo ascoltavano si scuotevano dalla loro disperazione e accantonavano le loro immaginazioni dell'oscurità.

Durante l'adunanza dei Valar, per scegliere gli Istari, Gandalf si era tenuto in disparte, non volendo entrare direttamente nella questione, e quando gli si chiese di recarsi nella Terra di Mezzo, inizialmente oppose un rifiuto, dicendo umilmente che era troppo debole per affrontare un compito di quella portata e che temeva il potere malefico di Sauron. Tuttavia, Manwë, gli disse che proprio in virtù della sua umiltà era tenuto a partire; e così, alla fine, accettò il fardello. Varda impose che Gandalf non dovesse giungere lì come terzo (visto che prima di lui erano già stati scelti Saruman e Alatar), ma come secondo, sottoposto solo a Saruman.

Gandalf è basato sull'aspetto del dio Odino, che non si preoccupava né del bene né del trionfo delle forze oscure. Anche la sua personalità sarebbe derivata da Odino, specialmente la sua preoccupazione per il trionfo del bene. Quella del male, invece, fu costruita per l'altro mago, Saruman. Con poteri ancora più grandi, Gandalf e Silente (ma anche se ci pensate Obi Wan Kenobi, della trilogia originale di Star Wars) sconfiggono un Signore oscuro, Sauron o Voldemort che sia.

Gandalf è un personaggio di Arda, l'universo immaginario de *Il Signore degli Anelli*, oltre che de *Lo Hobbit*, de *Il Silmarillion* e dei *Racconti incompiuti*. Arda è il mondo nel quale accade ogni evento, è parte di Eä, ospita i continenti della Terra di Mezzo e di Aman. Gandalf si distingue come uno dei membri del Bianco Consiglio, l'alto comando dei Popoli Liberi nella Terra di Mezzo, del quale diventa successivamente capo e guida, a seguito del tradimento di Saruman.

Come dicevamo, Gandalf assomiglia al dio nordico Odino, nella sua forma di Vagabondo, un vecchio uomo con un occhio solo, una lunga barba bianca, un ampio cappello bianco stropicciato, e un bastone. Secondo altri critici, Gandalf presenta alcune somiglianze con Merlino, personaggio centrale delle leggende arturiane.

Gandalf appartiene all'ordine degli Istari o Stregoni, spiriti della stessa essenza dei Valar. Tolkien racconta che molti a Gondor ritenevano che egli non fosse altro che l'ultima incarnazione di Manwë, il capo dei Valar, prima del suo definitivo ritiro sul Taniquetil e della Dagor Dagorath.

Merlino e i Draghi

Fin dagli albori dei tempi, i miti e le leggende sono state popolate da mostri incantati e dalla forza sovrannaturale. Alcuni dei più potenti tra questi erano i draghi: creature con il corpo di serpente, le zampe da lucertola, gli artigli da aquila, le fauci di un coccodrillo, i denti di un leone, le ali di un pipistrello. I draghi avevano incredibili poteri sovrannaturali e, soprattutto, erano malvagi e distruttivi.

In ogni mito, in ogni leggenda occidentale, il drago fa la parte del cattivo. L'origine dei draghi si perde nei meandri della storia dell'uomo. Compaiono nelle leggende dei popoli del passato, sia europei sia orientali, ma la loro concezione è notevolmente differente. Mentre nelle zone occidentali essi erano considerati l'incarnazione del male, portatori di distruzione e morte, in oriente erano visti come potenti creature benefiche.

I draghi sono sempre stati descritti come delle creature simili a enormi serpenti, con grandi arti anteriori e posteriori, dotati di fauci enormi e artigli taglienti. Normalmente venivano descritti con il corpo pieno di squame protettive e capaci, nella maggior parte dei casi, di sputare fuoco e di volare per mezzo di grandi e portentose ali.

Nelle leggende, i draghi sono visti come creature prodigiose, in quanto si riteneva che le loro ossa, così come il loro sangue, potessero avere elevate proprietà curative.

Il loro sviluppo di crescita poteva durare molti secoli prima di raggiungere la piena maturità. Si narra che un uovo di drago impiegasse non meno di un secolo per schiudersi; inoltre, solo dopo altre centinaia di anni il drago raggiungerà il suo massimo sviluppo con l'allungamento sulla testa di lunghe corna ramificate.

Naturalmente, grazie alla loro grande longevità, queste creature, che è estremamente riduttivo chiamare semplicemente «animali», acquisivano una conoscenza e una saggezza senza pari. Non ve l'aspettavate! Eh già, perché il Drago ha anche un'intelligenza superiore a quella dell'uomo.

Perché dunque si è giunti all'idea del drago come incarnazione del caos, come creatura che distrugge e non crea? Questo tipo di pensiero risale anch'esso agli albori del tempo. Come detto in precedenza, la figura del drago nelle zone occidentali era sinonimo di carestia, distruzione e morte.

In Europa, i draghi erano simbolo di lotta, di violenza e di guerra: infatti la loro immagine veniva spesso utilizzata come araldo in battaglia; sono innumerevoli i riferimenti storici e le leggende legate ai draghi, la maggior parte dei quali risalenti al Medioevo. Il piccolo Merlino non disse per caso al re Vortigern della presenza di due draghi sotto le fondamenta del suo castello che lo facevano cadere?

Moltissime sono le fonti storiche e i manoscritti che testimoniano la presenza de «la bestia per eccellenza» nel vecchio continente.

Nei Bestiari, ad esempio, ci sono descrizioni dettagliate sull'aspetto e sulle abitudini dei draghi, i quali erano soliti usare come loro rifugio le grotte in cima alle montagne o sperse in territori molto impervi, da dove uscivano molto raramente; è anche noto che al solo ruggito del drago, tutti gli animali, compresi i leoni, correvano terrorizzati a rifugiarsi nelle loro tane. Da un autentico Bestiario medievale c'è l'immagine di un drago che solleva da terra un elefante.

Secondo la tradizione occidentale, l'estinzione dei draghi risale proprio al Medioevo, dove, cavalieri erranti, avventurieri in cerca di gloria e cacciatori di questa bestia passavano gran parte del loro tempo a dare loro la caccia, decretandone lo sterminio.

Il drago come simbolo del Male in Europa, dunque. A tal proposito molto celebre è la storia di San Giorgio, l'uccisore di draghi, simboleggiata dal famoso dipinto *San Giorgio e il drago*, del pittore Paolo Uccello.

I draghi come icona del Male nelle terre europee, portatori al loro passaggio di massacri e di carestie. L'impotente uomo, l'impari lotta contro queste bestie, fece nascere storie e leggende tramandate fin a noi. Come accennato, spesso furono i Santi a salvare gli uomini. Si pensi alle leggende di San Marcello, vescovo di Parigi, di San Romano e della Gargouille di Rouen, di San Silvestro, che libera Roma dal drago dal respiro velenoso, scendendo in una grotta profonda centinaia di gradini.

Importante anche la storia di Santa Marta, che sconfisse un drago chiamato Tarasca. La leggenda racconta che nei tempi in cui questa Santa stava evangelizzando la Provenza, un terribile ed enorme drago si era messo a devastare le fertili pianure della valle del Rodano, e impedisse agli uomini di vivere tranquilli in quei luoghi. Santa Marta, venuta a conoscenza del fatto, inseguì la bestia nelle profondità dei boschi e la vinse cospargendola di acqua benedetta e segnandola con il Segno della Croce. La bestia divenne mansueta e addomesticata, così la Santa si legò alla sua cintura la coda del mostro e lo portò nell'odierna città di Tarascona, che proprio dal drago prese il nome. Al coraggio e bontà della Santa fece da contraltare la cattiveria umana, che per vendicarsi dei soprusi e delle brutalità ricevute lapidò ormai l'indifeso drago.

Da allora, ogni 29 giugno la Chiesa ricorda Santa Marta per il suo eroismo, e nella città di Tarascona si tiene una solenne processione aperta dal fantoccio dell'impressionante drago Tarasca. Nei pressi di questa maschera, una ragazza vestita di bianco benedice il mostro, che alla fine viene legato e sopraffatto.

C'è anche un'altra leggenda che ci teniamo a citare, racconta l'impresa di Sant'Efflem.

Si narra che un principe avesse individuato la tana di un drago che terrorizzava i suoi sudditi, e in qualità di sovrano, aveva il dovere morale di difenderli uccidendo o scacciando la bestia. Nella sua impresa chiese l'aiuto a Efflem, il parroco della sua città, che a quel tempo ancora non era Santo. Il parroco accettò e insieme si diressero verso la tana del drago per porre fine alle sue malefatte. Arrivati davanti al suo rifugio, il principe, però, si fece prendere da un profondo terrore, sentiva il respiro del drago che da solo bastava a far tremare di paura qualsiasi uomo. A questo punto intervenne il chierico, il quale disse al principe di non aver paura, perché chi era sotto la benedizione di Dio non doveva temere nulla. Il principe però era immobilizzato, allora Efflem, dopo essersi fatto il segno della Croce, entrò nella tana del drago. Quest'ultimo, quando lo vide, non solo non riuscì ad attaccarlo, ma si precipitò fuori dal suo nascondiglio, scappando lontano, fin alle rive dell'oceano dove vomitò sangue.

Questo mostra come il male (nel caso specifico il drago) ha paura più dello scudo interiore di fede che non delle spade e delle armature.

Altre importanti storie sui draghi riguardano i paesi nordici; come omettere la leggenda di Beowulf?

Secoli fa, quando ancora gli eroi dominavano le terre del Nord, una figura vestita di stracci avanzava carponi lungo una spiaggia rocciosa della Scandinavia, alla ricerca di una via per arrampicarsi sulla scogliera soprastante. Era uno schiavo che fuggiva dal suo padrone, un signore del regno dei Geat, e sebbene di lui non si sappia nemmeno il nome, le sue gesta epiche cambiarono il destino del suo popolo.

Nella prima parte della leggenda, lo schiavo, vagando lungo la riva, s'imbatte in un enorme tumulo di pietre, forse la tomba di un antico Re. Qui trova un'entrata e penetra nel tumulo.

«Si trovava in una stanza del tesoro, dove erano ammassate le ricchezze di una potente e sconosciuta tribù del passato. Braccialetti d'oro a forma di serpente, spille in filigrana d'argento, spade di ferro dall'impugnatura dorata, coppe in ceramica rossa di Samo, amuleti dell'antico dio Thor, monete luccicanti, tutto questo straripare di tesori riempiva l'intera caverna.

L'uomo, stava già per avventarsi su quelle meraviglie, quando qualcosa gli gelò il sangue, bloccando ogni suo movimento.»

Ed ecco apparire il drago. «Avvolto in grandi spire, era acquattato sulle zampe dai lunghi artigli; i fianchi squamosi luccicavano, le ali membranose erano piegate, la grande testa riposava sul pavimento della caverna e le pesanti palpebre erano chiuse su occhi vecchi di secoli.» A questo punto, lo schiavo non volle altro che tornare dal suo padrone, così prese una coppa d'oro per farsi perdonare e fuggì dal tumulo. Quello schiavo, però, disturbando il guardiano del tesoro, aveva decretato la fine del suo popolo. Infatti il drago poteva vedere e sapere tutto, così, quando si risvegliò, si accorse subito del furto commesso e avvertì immediatamente l'odore di carne mortale.

Lentamente, trascinò le sue pesanti spire lungo lo stretto passaggio che conduceva fuori dalla sua tana e, alla luce ormai fioca della sera, osservò la landa desolata alla ricerca delle tracce lasciate dai piedi dell'intruso. Appena ebbe trovato ciò che cercava, con un grido e un getto di fuoco, s'innalzò in volo, sbattendo le grandi ali verso il regno dei Geat. Sorvolò tutti i villaggi e le sue urla agghiaccianti fecero precipitare gli abitanti fuori dalle case, con i volti cinerei levati verso il cielo. Sopra di loro, il possente drago volteggiava in una danza di morte, lanciando il suo grido terrificante mentre iniziava la discesa.

I suoi colpi furono rapidi e terribili: sputando lingue di fuoco investì i tetti delle case, poi scomparve in lontananza. In quella terra, tutte le abitazioni, anche quella del Re, erano costruite in legno, canne e paglia, furono perciò facili bersagli per il fuoco del drago. In tutto il regno dei Geat, quella notte il cielo venne rischiarato da alte lingue di fuoco che si levavano dai villaggi, che bruciavano come pire funerarie.

Niente sfuggì alla furia del drago, e, quando giunse l'alba, le case dei Geat erano ridotte in cenere; dai villaggi s'innalzavano sottili fili di fumo accompagnati dagli strazianti lamenti delle donne. A questo punto il Re dei Geat, il mitico Beowulf, ormai anziano, si arma e si reca al tumulo del drago assieme ai suoi migliori combattenti e affronta il mostro. Solo uno dei compagni del Re parteciperà allo scontro, il nobile Wiglaf, e così il Re e il drago si uccideranno a vicenda.

Anche in Egitto, all'epoca dei Faraoni, c'era la credenza che ogni volta che Rha, il dio sole, «tramontava», entrava in realtà negli inferi, combatteva contro Apopi, il drago degli abissi, e usciva vittorioso. Questa è un'evoluzione del mito mesopotamico, e già comincia a delinearsi il pensiero del drago come essere malvagio e caotico.

Anche gli dei della Grecia combatterono contro un drago: era Tifone, ed aveva mille teste e un'immane bocca che vomitava fuoco e fiamme. Solo Zeus ebbe il coraggio di affrontare il mostro, definito Titano. Lo condusse fin oltre il mar Ionio e lì ebbe la meglio su di lui, scagliandogli contro un enorme macigno. Ma la leggenda vuole che Tifone non morì: continuò infatti a vomitare fuoco e fiamme da sotto il macigno, divenuto isola, e questa è la ragione delle eruzioni dell'Etna secondo i miti greci.

Come si può vedere, già al tempo di Achille e Agamennone l'evoluzione del concetto di drago era compiuta: da madre primordiale e incontrollabile, fonte di vita e di morte, come era la Tiamat mesopotamica, si era ormai giunti al concetto odierno: il drago era un mostro terribile e incontrollato, che vomitava fuoco e vapori venefici, che distruggeva ogni cosa al suo passaggio (i tifoni hanno preso il nome proprio dal drago Tifone), che uccideva e terrorizzava le razze del mondo, perfino gli Dei.

I Romani dipingevano sui loro stendardi i Dracones, i Vichinghi chiamavano le loro imbarcazioni Drakkar, tutti nomi che indicavano la figura del drago.

I draghi «comuni», invece, dovettero fin da subito lottare contro grandi eroi. Riemersi dagli inferi, al tempo degli antichi greci, dovettero presto battersi con eroi come Giasone, Ercole e addirittura contro gli Dei stessi. A volte, però, le divinità li assoldavano come guardie di un particolare posto, o come creature da mandare in battaglia.

Con la caduta dei Greci e l'avvento dell'Impero Romano, dei draghi si perse quasi ogni traccia, salvo alcuni avvistamenti di Plinio il Vecchio. In Europa, di loro si tornerà a parlare nel Medioevo, specialmente nell'Alto Medioevo, dove molti eroi inizieranno a cacciare i draghi, uccidendone la maggior parte e causandone l'estinzione. In tutti quegli anni, però, i draghi non erano scomparsi, erano migrati nei Paesi del Nord, dove si facevano spesso vivi e per secoli avevano devastato la Scandinavia e la Russia. Fu forse in quegli anni che si persero il maggior numero di draghi: infatti dal Nord si levarono grandissimi eroi, come il citato Beowulf, qui nel tempo della sua gioventù, che ne uccisero moltissimi.

E proprio nelle lande del Nord i draghi si guadagneranno l'appellativo di malvagi e di infidi viste le loro razzie inaspettate. Essi comparivano infatti all'improvviso, magari dopo essere cresciuti all'insaputa di tutti nell'umidità dei pozzi o nei pressi delle paludi.

Merlino e gli Angeli

A volte gli angeli ci passano accanto, con la mano ci sfiorano le braccia ed il loro respiro si unisce al nostro e forma una nuvola d'aria leggera.

Non hanno ali nascoste sotto gli abiti, sono fatti di carne e di sangue, hanno un sesso e ne vanno orgogliosi, hanno solo un sorriso più dolce del nostro e hanno gli occhi più facili al pianto.

Quasi sempre noi ignoriamo gli angeli, li lasciamo passare finché svoltano l'angolo e poi volano via, nell'eterno. Ma ci resta nell'anima uno strano rimpianto, a volte senza un volto e senza un nome, forse solo il ricordo di uno sguardo stampato nei sogni ed un senso di vuoto e di assenza che non riusciamo a comprendere.

Qualche volta calpestiamo lo sguardo di un angelo e gettiamo nel fuoco il suo amore, il suo amore soltanto per noi, il suo angelico amore disperso nel fumo, che era tutto per noi, che era

solo per noi, noi così troppo spesso desiderati, noi sempre così
poco amati.

Sarò un angelo dalle piccole ali

e volerò leggero

fino alle profondità del tuo cuore.

Mi spingerò ancora più giù

Giù... fino a toccare il tuo amore.

Dormirò!

Sognerò,

cullato dai battiti del tuo cuore buono

e morirò solo quando smetterai di amarmi.

Sarà il sopirsi dei battiti

che mi toglierà il respiro.

Solo allora volerò in alto

volerò via con le mie piccole ali.

Anonimo

Merlino e Dracula

Una volta, nell'antico monte del Viugy, c'era un castello che sorgeva su una collina che tutti chiamavano *Stregata*. Molti dicevano fosse abbandonata, altri dicevano che un Signore oscuro l'avesse, per l'appunto, stregata, e dunque fatta sua.

Nessuno aveva mai visto le sembianze del Signore oscuro, nessuno mai avevo osato avvicinarsi a quel luogo. Nel castello, porte e finestre erano sempre chiuse, specie di giorno, e nelle sue vicinanze erano apparsi strani stormi di uccelli mai visti prima. Come se fosse a capo di quei volatili, un merlo nero si ergeva di notte fiero e silenzioso sull'arcata dell'entrata maggiore. Di giorno, misteriosamente, scompariva. In molti si domandavano cosa significasse quella nera presenza. Nessuno ne parlava pubblicamente, né del merlo né del castello, tutti ne avevano tremendamente paura.

La popolazione era per lo più fatta di pastori e contadini, piccole famigliole che lavoravano i campi e custodivano gli animali.

Un giorno, un baldo giovane, vestito con un mantello grigio, si diresse verso il monte del Viugy. Al vederlo salire per quella via, qualche vecchio pastore di buon cuore gli si avvicinò ammonendolo: «Non andare lassù, quel castello è stregato».

Ma il giovane non sentì i consigli di quei pastori e proseguì il suo cammino.

Arrivò che era notte. Il baldo ragazzo si trovò davanti al maestoso portone della dimora del Signore oscuro.

Tutto taceva, solo una finestra nei piani alti appariva illuminata mentre un'ombra si posava sull'arcata di quel portone.

Il ragazzo riuscì ad aprirlo. Fece una magia. Al vedere ciò, gli occhi del merlo brillarono, spalancò il becco e si tuffò sul ragazzo. Il baldo giovane estrasse veloce da sotto il mantello la sua bacchetta magica e lo pietrificò. Il merlo di pietra precipitò in terrà e si fracassò in mille pezzi.

L'entrata era libera. Il ragazzo entrò nel castello e senza paura si diresse ai piani alti, dove da fuori aveva visto quella piccola luce e da dove sentiva ora provenire strani rumori, probabili lamenti. Si avvicinò adagio a quella stanza illuminata, la porta era socchiusa, il ragazzo guardò dentro. Rimase inorridito. Riconobbe quell'uomo, un uomo simile al potente Dracula, intento in gentilezze e complimenti a due donne. Il vampiro stava seducendo quelle due ragazze, una con i capelli biondi, l'altra castana; apparivano stordite, come se fossero state drogate. I loro calici erano in terra.

Il ragazzo decise che doveva agire, pensò ad un modo, ecco, con la pozione. La cercò in tutte le tasche, eccola, finalmente, ma non fece in tempo ad entrare. Il vampiro aveva già conficcato i suoi terribili canini nel collo delle due ragazze, ormai in fin di vita. Tutto il sangue si riversava nella bocca di Dracula, e da questa ne fuoriusciva in abbondanza. Piccoli ruscelli rossi sgorgavano dalla sua bocca.

Era inutile intervenire. E poi, a ben riflettere, una sola pozione non poteva bastare contro quel potente avversario. Il giovane tornò così al paese. Il giovane si chiamava Merlino. Il mattino seguente raccontò tutto agli abitanti, che lo pregarono di non abbandonarli.

«Non temete gente, il vampiro sarà scacciato da queste vostre terre e voi sarete di nuovo liberi», li rassicurò il giovane mago.

Venne notte, e preparate le sue temibili pozioni, Merlino affrontò Dracula. La collina *Stregata* quella notte scintillò.

Prima che giungesse l'alba, Merlino riuscì senza l'aiuto del sole a sconfiggere Dracula. Lo trasformò in un sasso pietrificato. Il potente vampiro riuscì in qualche modo a liberarsi da quell'incantesimo e tra i deboli raggi dell'alba fuggì lontano. Lontano per sempre da quelle terre. Mentre si allontanava giurò vendetta al mago. Ma da quelle parti non si fece più vedere, Merlino lo aveva sconfitto per sempre.

Merlino e le streghe

Streghe, stregoni, eretici, congiurati e adoratori del demonio avete acceso un fuoco impuro e dopo avere più volte goduto, ballato, mangiato e bevuto e riso in giochi osceni in onore del vostro capo Belzebù, il Principe dei Demoni, nella forma e nell'aspetto di un caprone nero deforme e ripugnante lo avete adoralo con opere e parole come vero Dio... Con queste parole si condannavano ad Avignone nel 1582 un gruppo di streghe.

Il mito della strega nasce fin dagli albori del mondo. Molto probabilmente la prima maga, forse la più antica della letteratura, è la famosa maga Circe, che compare nell'Odissea. Bellissima, bionda, figlia del dio Sole, Elios, era una strega, ed è una di quelle che è stata meglio descritta nella mitologia classica.

Nell'Odissea la maga Circe e i suoi poteri hanno un ruolo centrale. Esiliata sull'isola di Eea per aver avvelenato il suo sposo, il Re dei Sermati, la maga passava le sue intere giornate cantando e tessendo in un meraviglioso palazzo di marmo nascosto alla vista da una lussureggiante foresta.

Omero la chiama Dea e descrive la sua dimora a Eea, isola dell'Alba, come un bellissimo palazzo che si ergeva nel mezzo di un fitto bosco; tutt'intorno alla casa leoni e lupi, vittime delle arti magiche di Circe, terrorizzavano i visitatori. La Circe omerica ricca del fascino delle ambiguità: Dea tremenda, donna dalla voce limpida, maga dai molti farmaci.

Ulisse sbarcò sull'isola insieme ai suoi uomini che mandò in avanscoperta in un giro di ricognizione. Guidati dal fido Euriloco vennero attirati dal suono dolcissimo della voce della maga fino al suo palazzo.

Sulla strada incontrarono bestie che avrebbero dovuto essere feroci, ma sorprendentemente erano tranquille. Non sapevano che erano marinai come loro, trasformati in quel modo dalla maga.

Circe offrì ai marinai di Ulisse un lauto pasto e del vino drogato che loro, ingenuamente, accettarono. Questo li rese impotenti davanti alla sua magia. Circe li toccò uno ad uno con la sua bacchetta magica e li trasformò in porci. Euriloco, unico che non si era lasciato convincere e si era mostrato diffidente fin dall'inizio, vide ciò che era successo ai suoi compagni e corse da Ulisse.

Ulisse parte in loro soccorso e nella foresta incontra il dio Ermes, il quale lo rende immune alla magia grazie ad una pianta chiamata Moli. Il valoroso riuscì così a resistere alle arti e ai sortilegi della maga, che alla fine cedette e liberò dall'incantesimo i marinai e i compagni di Ulisse. Con il tempo la maga Circe s'innamorò di Ulisse, al punto che decise di aiutarlo nel suo viaggio verso Itaca, lasciandolo ripartire con la sua nave.

Baba Jaga, affolla le pagine della mitologia slava, in particolare di quella russa. Impersona una vecchia strega alta, magra, orribile a vedersi, con i capelli scompigliati, il naso di ferro e i denti e il seno di pietra. Si sposta volando su un mortaio, utilizzando il pestello come timone e che cancella i sentieri nei boschi con una scopa di betulla d'argento.

Vive in una capanna sopraelevata che poggia su due zampe di gallina, che può muoversi e guardarsi in giro, servita dai suoi servi invisibili. Il buco della serratura del portello anteriore è costituito da una bocca riempita di denti acuminati, mentre le mura esterne sono fatte di ossa umane. In una variante della leggenda, la casa non rivela la posizione della porta finché non viene pronunciata una frase magica.

Baba Jaga a volte è indicata come cattiva e a volte invece come fonte di consiglio: esistono storie in cui la si vede aiutare le persone nelle loro ricerche e storie in cui rapisce i bambini per mangiarseli. Cercare il suo aiuto è solitamente un'azione pericolosa e sono assolutamente necessarie preparazione e purezza dello spirito. Un po' come accade per il «Munaciello» napoletano.

Alla figura di Baba Jaga si collega anche la Leggenda dei Tre Cavalieri: il Cavaliere Bianco, su un cavallo bianco con la bardatura bianca, che rappresenta il giorno; il Cavaliere Rosso, che rappresenta il sole; il Cavaliere Nero, che rappresenta la notte. Baba Jaga parlerà di loro a chi ne chiederà, ma potrà anche uccidere l'ospite che vorrà sapere qualcosa di più sui suoi servi invisibili.

Nella storia popolare troviamo la strega collegata anche alla fiaba di «Vassilissa la bella», in cui si racconta la vicenda di una fanciulla che viene mandata a chiedere consiglio a Baba Jaga e viene schiavizzata dalla strega. I servi invisibili (un gatto, un cane, un cancello e un albero), tuttavia, la aiutano a fuggire perché è stata gentile con loro. Alla fine della storia la strega cattiva viene trasformata in un corvo. In un'altra versione della storia, a Vassilissa la strega comandate tre missioni impossibili per lasciare la casa. La bella riuscirà a farcela per mezzo di una bambola magica donatale da sua madre.

Le streghe si mostravano in svariate sembianze, a volte vestite di stracci, altre volte indossando sobri ma graziosi abiti da contadine, o ancora vestite di abiti leggeri e colorati, gli stessi, sembrerebbe, che indossavano le fate. Streghe e stregoni si radunavano di notte in luoghi solitari, nei campi e sui monti, volando, dopo essersi cosparsi il corpo di unguenti, a cavallo di bastoni o di una scopa. Simbolicamente, la scopa era segno e simbolo di potenza sacra, tanto che negli antichi templi spazzare il pavimento significava pulire il suolo dagli elementi esterni intervenuti a sporcarlo, e ciò poteva essere fatto solo da mani pure. Nel caso delle streghe, la scopa, essendo usata per volare altrove, poteva rappresentare anche il mezzo di collegamento tra i due mondi, quello profano e quello sacro. Si narra che esse s'incontravano per filare (il che allude al tessere il destino degli uomini) e sapevano anche intrecciare nodi, con il probabile significato di porre ostacoli superabili solo da chi fosse stato in grado di scioglierli, ovvero di vendicarsi di chi aveva offeso loro o ciò che a loro era caro. Le streghe erano accompagnate da un animale a cui chiedevano consiglio, che era chiamato «famiglio». Esso veniva trattato con cura, non veniva contrariato né offeso, perché si diceva che avesse poteri non di questo mondo e che senza il suo aiuto la strega sarebbe divenuta un comune essere umano. Il «famiglio» era visto come un folletto, cui venivano attribuiti caratteri diabolici.

Secondo le leggende, nei vari raduni, oltre alla presenza di animali, si parla anche della presenza di una figura maschile, innanzi alla quale esse danzavano e a cui rendevano omaggio. Tale figura assumeva spesso l'aspetto di un caprone. Questo personaggio maschile, in forma d'animale, che per i cristiani divenne poi il Diavolo, rappresentava probabilmente il principio maschile che si univa, in armonia con le leggi della natura, con il principio femminile rappresentato dalle streghe e soprattutto dalla loro Regina.

Quest'ultima, che pare incarnasse l'archetipo della Grande Madre, della Luna, della dea Diana e della dea Afrodite, era chiamata in alcune località la «Donna del Gioco», ed era colei che conduceva le loro danze e i loro riti, di carattere armonioso e giocoso. In molte antiche raffigurazioni le streghe sono rappresentate accanto ad un misterioso calderone nel quale girano e rigirano un grosso mestolo e dove il fuoco arde dentro e non fuori. In molte leggende si narra che nel calderone venivano preparati filtri e pozioni magiche, i cui ingredienti venivano spesso elencati con dovizia. Come accade per i diversi gruppi religiosi anche le streghe possono essere diversificate. Questa diversità esiste perché la stregoneria si è evoluta in ambienti diversi. Nei tempi antichi della loro storia le streghe erano le magiche artefici delle popolazioni precristiane dell'Europa occidentale. Nelle successive epoche buie migliaia di persone furono impiccate, bruciate e torturate con la falsa accusa di stregoneria. Questa persecuzione religiosa fece sì che le streghe superstiti si nascondessero e praticassero l'Arte solo nella cerchia ristretta dei familiari, trasmettendo la conoscenza segreta della stregoneria attraverso le generazioni.

Per gli antichi Greci, Dea della stregoneria era Ecate, e le sue ancelle venivano chiamate le Streghe della Tessaglia. Anche Diana (corrisponderebbe all'Artemide greca e all'Erodiade dei Giudei), dea romana, veniva considerata una strega, come anche Holda, dea germanica, bella e formosa in apparenza, ma quando si adirava diventava un'orrenda megera.

Le streghe minacciano di morte o maledicono, anche per diverse generazioni, chi svela la loro identità, disobbedisce o fa loro dispetti. Le streghe possono creare notevoli problemi, ma possono anche elargire doni e ringraziamenti per qualche gesto loro propizio oppure solo per il piacere di farlo. Amano riunirsi in luoghi precisi la notte di san Giovanni. Ci furono tempi, come nel XVI e XVII secolo, in cui il mondo era pieno di streghe. Ogni più piccola comunità aveva la sua strega. Non solo vecchiette stranite, gobbe, grinzose e deformi ma anche formose giovani dal comportamento eccentrico o inusuale per i tempi, sono state (a torto) considerate streghe. Diverse bolle pontificie definendo «eretico» chi non credeva alla loro esistenza, ne aumentavano la credenza. A partire dal XII secolo la repressione dell'eresia da parte della Chiesa fu una preoccupazione costante. Il primo processo intentato dall'Inquisizione si ebbe intorno al 1268 e la prima condanna al rogo nel 1275, finché nel 1326, con la bolla «Super illius», papa Giovanni XXII autorizzava la tortura e il patibolo. Nasceva, così, quella furibonda caccia che terminerà ufficialmente in pieno Illuminismo, cioè parecchi secoli dopo, verso la fine del Settecento.

In questi secoli migliaia di poverette furono accusate di stregoneria. Catturate, venivano regolarmente processate, torturate ed infine molte venivano arse su un mucchio di fascine, con un rituale accuratamente prestabilito dalla Santa Inquisizione. Faceva testo in merito, fra i tanti, il «Malleus Malefica rum - 1487» dei dominicani Kramers (Instituris) e Spenger, opera in cui sono descritte minutamente le procedure e le raffinate torture da usarsi nei processi. Naturalmente, sotto tortura, le donne oltre che dichiararsi colpevoli facevano il nome di altre e così la lista si allungava. Ma nonostante la caccia e le condanne, le streghe non furono mai sterminate.

Alle streghe sono legati riti satanici, messe nere, sabba o tregende, nonché sacrifici umani. Sembra però che non tutte le streghe volessero nuocere e perciò scaricassero i loro poteri su oggetti inanimati e non su persone o animali. Se prendiamo poi in considerazione la leggenda secondo la quale la Madonna è loro grata per averla salvata insieme al Figlio durante la fuga dall'Egitto, va da sé che anche il mondo delle streghe sia formato, come il nostro, da gente buona e gente cattiva, con le gradazioni intermedie. Diventare streghe è una cosa lunga e complicata.

Poi hanno il loro bel pentolone di strega

«Pelle di rospo, coda di lucertola, lingua di vipera, ali di pipistrello, vegetali raccolti in notti di luna crescente e radici scavate in notti di luna calante; cicuta, loglio, belladonna, segala cornuta ed altre erbe in percentuali minori assieme a grasso di civetta, polvere di mummia e di ossa umane; nonché chiodi arrugginiti, terra, capelli, peli e sangue umano o di animali.»

Questi gli orridi ingredienti che in giuste dosi e cucinati secondo precise ricette davano unguenti e pozioni magiche. In molti di questi componenti, analizzati ai giorni nostri, sono state isolate sostanze che agiscono come allucinogeni.

Si può dire, quindi, che gli stati estatici e confusionali generati da questi intrugli si confondevano con il mondo arcano e superstizioso del Medioevo, con il risultato di affermare maggiormente la convinzione di possedere poteri magici e di viaggiare realmente nello spazio.

Merlino e le Anguane

Le Anguane sono geni malefici, creature favolose tipiche della mitologia alpina, creature con la capacità di trasformazione e metamorfosi.

Vivono nelle acque, (di fiume, di fontana, di sorgente) ma di notte amano assumere sembianze di donne bellissime e vagano per boschi, foreste e luoghi isolati alla ricerca di vittime.

A volte si mettono sul ciglio della strada con uno strumento in mano e cantano, con voce melodiosa ed invitante.

Disturbano chiunque attraversi il loro cammino, soprattutto se si imbattono in fate e perfino in streghe, e da quegli scontri non sono mai le Anguane ad avere la peggio.

Le vittime preferenziali, però, sono i viaggiatori, i vagabondi, i viandanti. Le Anguane attirano la loro attenzione con modi cortesi ed affabili, la loro voce è dolce, carezzevole e rassicurante. Chiedono loro se hanno perso la strada o se hanno bisogno d'aiuto.

Questi loro modi gentili non inducono certo al dubbio o al sospetto. Ma è soprattutto il loro aspetto a rassicurare il viandante. La loro bellezza è straordinaria, il fascino irresistibile, ed è facile per il povero disgraziato precipitare nella trappola.

Sono alte, statuarie, le linee dei corpi sono morbide e sinuose, la pelle, al chiaro di luna, è di seta rosata e i capelli sono una cascata morbidamente arruffata e dagli argentei riflessi.

Il disgraziato cede alle loro lusinghe e si lascia trascinare, felice e ignaro. Appena, però, la favolosa creatura interrompe il suo gioco perverso e riprende l'orrido aspetto di donna-serpente, quel che accade, non è dato sapere. Nessuno di quegli sventurati, si dice, è mai stato in grado di raccontare quanto gli è capitato.

Di una cosa, però, tutti sono sicuri: le Anguane non uccidono, come fanno altri geni malefici. Il loro scopo è solamente incutere terrore. E ci riescono.

Sono molti, infatti, a credere nella loro esistenza.

Merlino e la Dea della maghe, Ecate

Mai divinità fu più contraddittoria di Ecate: dea dei morti, degli inferi, intermediaria fra umano e divino, dea degli incroci, della luna.

Sull'origine di Ecate vi sono due tradizioni: secondo Esiodo deriva dai Titani, secondo una tradizione più tarda sarebbe figlia di Zeus e Hera. In un inno a lei dedicato, Esiodo dice che Zeus «la favorì più di tutti gli altri Dei»; la motivazione risiede nel suo essere intermediaria fra gli esseri immortali e quelli terrestri.

Nel famoso episodio del ratto di Persefone, Ecate è presente e l'accompagna agli inferi, da quel momento «la regina Ecate divenne colei che precedeva e seguiva Persefone»: pertanto, è sia una guida sia una protettrice. In tal modo, essa acquisisce una nuova caratterizzazione e il ruolo più ampio e generalizzato di traghettatrice delle anime dei defunti.

A Roma, Ecate sarà chiamata Trivia: protettrice delle zone pericolose come il *trivium*, la zona di incontro di tre vie. In epoca classica si credeva che i fantasmi vagassero senza posa come anime in pena in una sorta di Limbo, dopo una morte prematura o violenta. Si credeva inoltre che questi infestassero quei sepolcri e crocicchi che erano consacrati ed Ecate ed erano il teatro delle sue invocazioni.

Nell'iconografia tradizionale, quindi, è rappresentata come figura luminosa dal triplice aspetto e dal triplice volto: umano nella sua forma terrestre, equino nella sua veste lunare e canino nel suo *habitus* infernale.

Diventa anche la divinità che presiede alla nascita e alla morte venendo invocata – non a caso – in momenti astrologici di particolare pregnanza simbolica, come ad esempio il plenilunio. In questa circostanza ad Ecate venivano offerti dei banchetti rituali.

Un frammento greco ci presenta un vero e proprio ritratto di Ecate: «Con volto di cane, tre teste, inesorabile, con dardi dorati…».

Ecate è anche dea-strega e si accompagna a cani ululanti: questi demoni-cani sono paragonabili, quindi, ai fantasmi notturni che si credeva accompagnassero la Dea durante le sue apparizioni e potevano portare l'uomo alla pazzia. La loro funzione era quella di esaudire le invocazioni e le maledizioni pronunciate dal mago nel corso delle cerimonie negromantiche, in cui non si mancava mai di pronunciare il nome di Ecate. Per chiedere l'aiuto di Ecate si ricorreva all'utilizzo di simboli, emblemi o mezzi magici, come la cosiddetta «trottola di Ecate», una sfera dorata costruita attorno a uno zaffiro e fatta girare tramite una cinghia di cuoio, con sopra dei caratteri incisi. Facendola girare, l'operatore magico era solito operare delle invocazioni. Girandolo, produceva dei suoni particolari, imitando il verso di una bestia, ridendo o facendo piangere l'aria.

Ecate è, a ben ragione, la Dea della maghe: come divinità è «altra» e ambigua. Né maschile né femminile, né antropomorfa né zoomorfa, né infernale né aerea, come la strega vive al limite della società umana, Ecate è il limine tra uomo e Dio.

Merlino e l'asino d'oro

Lucio, giovane colto e spensierato, durante un viaggio in Tessaglia, ascolta da due viandanti una tenebrosa storia di streghe. Curioso di conoscere i misteri delle arti magiche, raggiunge la città di Ipota, dove Panfila, moglie del suo ospite, ha fama di strega, capace anche di trasformare i propri amanti in animali e in pietre.

Durante un banchetto, Lucio ascolta un'altra storia di magia e, sempre più desideroso di penetrarne i segreti, assiste di nascosto alla trasformazione di Panfila in gufo. Nell'intento di imitarla, con la complicità dell'ancella Fotide, si spalma addosso un unguento, ma sbaglia vasetto e si trasforma in un asino, conservando tuttavia la ragione umana. Fotide lo rassicura che riprenderà il suo aspetto se mangerà delle rose.

Ma questo non si avvera, e così hanno inizio le rocambolesche e tragicomiche avventure di Lucio-asino. Cade in mano a feroci predoni, aiuta la bella Carite, una fanciulla da loro rapita, a liberarsi e a sposarsi, viene venduto a sacerdoti degenerati della dea Siria.

Passa quindi al servizio di un mugnaio, di un ortolano, di un pasticcere e di un cuoco, questi ultimi due, schiavi di un potentissimo signore che, scoperte le sue eccezionali qualità, lo tratta come un ospite di riguardo. Lucio si esibisce in pubblico e ha persino un'avventura amorosa con una matrona innamorata di lui; viene condotto al teatro di Corinto per accoppiarsi con una donna condannata per assassinio. Riesce a fuggire e giunge a Cencrea, nel golfo di Salonicco.

Dopo una preghiera alla dea Iside, la Dea, apparsagli in sogno, gli preannuncia il suo ritorno alle sembianze umane. Il giorno successivo, infatti, Lucio partecipa alla processione in onore di Iside e il sacerdote, su ispirazione della Dea stessa, offre all'asino delle rose: Lucio le mangia e riacquista il suo aspetto originario.

Il sacerdote gli spiega poi il significato delle metamorfosi: vittima della superstizione e della lussuria, attraverso infinite avventure, egli si è purificato. Lucio, seguendo il volere della Dea, rimane nel tempio e viene iniziato ai misteri sacri. In seguito, sempre su ispirazione di Iside, si reca a Roma, dove viene iniziato ai misteri di Osiride. Ottiene lauti compensi come avvocato e, infine, diviene pastoforo, cioè portatore dell'immagine del Dio nelle processioni.

Merlino nella terra della magia

Lucio va in Tessaglia terra della magia, dove si è recato per affari. Durante il viaggio incontra due viandanti, uno dei quali, Aristòmene, strada facendo gli racconta l'incredibile storia che gli è capitata.

Aristòmene narra di aver incontrato per caso ad Ìpata, in Tessaglia, il suo ex-commilitone Socrate, ridotto ad una larva umana per essere stato l'amante di una strega. Lavato e rivestito l'amico, Aristòmene lo porta in una locanda e decide di fuggire con lui l'indomani. Ma durante la notte, per magia, la strega e sua sorella penetrano nella stanza dei due, sgozzano Socrate sostituendo il suo cuore con una spugna ed inondano Aristòmene di urina; poi se ne vanno. Mentre Aristòmene, terrorizzato, cerca di darsi la morte per non essere accusato dell'omicidio dell'amico, ecco che questi si risveglia come se niente fosse. I due si rimettono in viaggio verso casa. Giunti presso un ruscello, si fermano per riposarsi e mangiare; ma all'improvviso, mentre Socrate si china sull'acqua per bere, il suo collo si squarcia e ne esce la spugna, ed egli cade stecchito. Aristòmene fugge e cambia vita, lasciandosi alle spalle il terribile passato.

Lasciati i due viandanti, Lucio arriva ad Ìpata, dove fa la conoscenza di una bella donna, Birrena. Qualche sera dopo egli si reca a cena in casa di Birrena, dove ascolta il terribile racconto autobiografico di uno dei commensali, Telìfrone. Quest'ultimo dice di esser andato in Tessaglia, ove accetta una stranissima offerta di lavoro: dovrà fare la guardia ad un cadavere per tutta la notte, onde evitare che le streghe ne asportino le parti ad esse necessarie per i loro incantesimi. Il contratto prevede che, in caso di inadempienza, il sorvegliante malaccorto debba rifondere il danno in natura, mutilandosi delle corrispondenti parti del corpo. Il morto in questione è il marito di una bellissima matrona, che accoglie Telìfrone in lacrime. Il giovane si pone a fare la guardia; ma durante la notte penetra nella stanza una donnola, e Telìfrone sprofonda in un sonno pesante. Il mattino seguente si risveglia pieno d'angoscia, ma il cadavere è intatto. Durante il rito funebre, tuttavia, il vecchio zio del defunto accusa la vedova di averlo assassinato. Il cadavere viene risuscitato temporaneamente per magia e rivela la verità, ma non viene creduto; allora, per dimostrare che dice il vero, racconta ciò che solo lui può sapere, cioè che cosa è successo mentre Telìfrone dormiva. Alcune streghe hanno invocato il nome del morto per attirarlo fuori; ma disgraziatamente il morto è omonimo di Telìfrone; quest'ultimo, sonnambulo, si è recato dalla streghe, che gli hanno mozzato naso ed orecchie sostituendoli con organi posticci. A quelle parole, il povero Telìfrone nega disperatamente e si tocca il naso e le orecchie, che subito si staccano.

Merlino e il mago di Cantone

Alla testa di una banda di bravi, derubava le popolazioni, svaligiava i viandanti e soprattutto rapiva le ragazze per strani riti arcaici; questi riti appartenevano ad una corrente della Chiesa che si era volta al male nella speranza di poter evocare i potenti Dei del Caos che regnavano sulla Terra prima del grande ordine, in modo da controllarne il potere. Queste ragazze, dopo essere state rapite dagli uomini del sinistro Signore di Cantone, considerato da tutti come mago o stregone, venivano portate a sud del castello, nel bosco, dove a fianco di un ruscello d'acqua sorgiva vi era e vi è tutt'ora una grotta, conosciuta da tutti come «La Grotta del Mago di Cantone».

Il mago e i suoi seguaci sottoponevano la giovane di turno ad un rito di purificazione immergendola nell'acqua cristallina del laghetto presente nella grotta. Dopo la purificazione legavano la giovane ad un altare; col suo stesso sangue, il mago, componeva strani simboli esoterici sul corpo della malcapitata e dopo averla a lungo seviziata e posseduta infine la tagliava in nove pezzi. La testa, le braccia e le gambe venivano amputate, e il tronco tagliato in quattro parti. Sulla pelle venivano scritti i nomi di altrettanti Dei: poi le braccia venivano scuoiate e bruciate in onore di Urian; le gambe, dopo un procedimento eguale, venivano offerte a Morathi; la spalla destra è sacra a Slaanesh, la sinistra a Tzeentch; la metà inferiore destra del tronco a Isha, quella sinistra a Nurgle. La testa non veniva scuoiata, ma semplicemente bruciata in onore di Khorne.

Un giorno, durante una caccia, il mago incontrò una nobile fanciulla e la violentò: accorse il fratello di questa e il mago lo uccise e scappò poi nel suo rifugio a Cantone. Tuttavia la natura crudele si palesò e, dopo le infinite angherie subite, la popolazione insorse, si riunì, si armò ed il forte di Cantone venne conquistato per farne vendetta: i contadini fecero scempio delle cose, ma intanto il mago ed i suoi seguaci s'erano dati alla macchia. Dopo un periodo di esilio sul monte San Giorgio, passata la tempesta, il Signore di Cantone ebbe la possibilità di riparare i guasti e continuare con lo studio delle arti arcane con i suoi sacrifici. Arriva però infine la punizione. Il «Frate Oscuro» è attirato a Mendrisio, ad un gran banchetto, dove si mangia e si danza; il mago, senza sospetti, guarda con desiderio or l'una, or l'altra bella ragazza. Chiamata la sua attenzione dall'abbaiare dei cani nel cortile, egli si sporge dalla finestra, proprio in quel momento un maestro moschettiere gli spara, colpendolo all'alto omero. Il Signore di Cantone cade a terra urlando per il dolore e muore ululando come una belva. Morto il mago, Cantone venne nuovamente devastato dalla popolazione di Mendrisio, venuta alla ricerca delle giovani scomparse. Ma ne vennero ritrovate solo le ossa nell'antica caverna e, accanto ad esse, morirono di dolore i loro mariti e i loro cari.

Merlino e il lupo mannaro

Ahinoi miseri, com'è nulla l'intero omuncolo!

Così saremo tutti, dopo che l'Orco ci avrà rapiti.

Dunque viviamo, finché possiamo ancora spassarcela.

Trimalcione, personaggio del Satyricon di Petronio

Quando ero ancora schiavo, abitavamo in Vico Stretto, dove oggi c'è la casa di Gavilla. Lì, dai che ti dai, attacco a farmela con la moglie di Terenzio, l'oste. Magari l'avete anche conosciuta, Melissa, la Tarentina, quel gran pezzo di donna. Io però non ci avevo messo gli occhi sopra perché era una maggiorata o per sbattermela, ma piuttosto perché aveva un cuore grande così. Qualunque cosa le chiedevo, lei me lo dava: se racimolava un soldo, la metà finiva a me. Quanto al sottoscritto, quello che avevo lo passavo nelle sue tasche e non ci ho mai preso delle fregature. Un giorno, mentre se ne stava in campagna, il suo ganzo tira le cuoia. Allora io, facendo il boia e l'impiccato, cerco con ogni mezzo di raggiungerla, perché – sai come si dice – gli amici li si vede nel bisogno.

Il caso volle che il mio padrone se ne fosse andato a Capua a vendere il fior fiore del suo ciarpame. E così, cogliendo la palla al balzo, convinco un nostro ospite ad accompagnarmi fino al quinto miglio. Mica per altro: era un soldato e per giunta forte come un demonio. Alziamo le chiappe al primo canto del gallo e con una luna così chiara che sembrava di essere di giorno. Finimmo dentro un cimitero: il mio socio si avvicina a una lapide e si mette a pisciare, mentre io attacco a contare le lapidi fischiettando. A un certo punto, mi giro verso il tipo e vedo che si sta togliendo i vestiti di dosso e butta la sua roba sul ciglio della strada. A me mi va il cuore in gola e resto lì a fissarlo che per poco ci resto stecchito. Ed ecco che quello si mette a pisciare tutto intorno ai vestiti e di colpo si trasforma in lupo. Non pensate che stia scherzando: non mentirei nemmeno per tutto l'oro del mondo. Ma, come stavo dicendo, appena trasformato in lupo, attacca a ululare e poi si va a imboscare nella macchia. Sulle prime io non sapevo più nemmeno dov'ero: poi mi avvicino ai suoi vestiti per raccoglierli, ma quelli erano diventati di pietra. Chi più di me avrebbe dovuto morire dalla paura? Ciò nonostante sguaino la spada e, menando colpi alle ombre, tra uno scongiuro e l'altro, arrivo fino alla casa della mia amica.

Entro che sembro un cadavere, senza più fiato, con il sudore che mi scorre tra le gambe e gli occhi spenti. Tanto che per riprendermi ci metto un bel po'.

La mia Melissa, stupita di vedermi in giro a quell'ora della notte, mi fa: «Se solo fossi arrivato un po' prima, almeno ci avresti dato una mano: un lupo è entrato nel recinto e ci ha massacrato tutte le pecore come un macellaio. Comunque, anche se è riuscito a scappare, non ha da stare allegro, perché un nostro servo gli ha trapassato il collo con la lancia».

Dopo aver sentito questa storia, non riesco a chiudere occhio per tutta la notte, ma alle prime luci dell'alba me la filo a casa del nostro Gaio, nemmeno fossi un oste appena ripulito. E quando passo davanti al punto in cui i vestiti del mio compare erano diventati di pietra, ci trovo soltanto una pozza di sangue.

Quando arrivo a casa, il soldato è lì sbracato sul letto come un bue, con al capezzale un medico impegnato a curargli il collo. Allora mi rendo conto che è un lupo mannaro e da quel giorno non ho più mangiato con lui manco un tozzo di pane, nemmeno a costo della vita.

Merlino e i diavoli, Belzebù, Lucifero, Belfagor

E con la sua magia li mise in sonno profondo.

Ascolta ciò che dico: gli Antichi Dei han posto i Maledetti in sonno. E chi manipola i sigilli e i dormienti ridesta, è maledetto anch'egli. E dico ancora: qui chiuse son le càbale in cui s'asconde il torbido potere d'infrangere i sigilli millenari che serrarono Cthulhu e la sua orda. Ho perso tutta la vita per delucidarle. La notte s'apre sull'orlo dell'abisso. Le porte dell'inferno sono chiuse: a tuo rischio le tenti. Al tuo richiamo si desterà qualcosa per risponderti. Questo regalo lascio a voi, ecco le chiavi, della morte, i diavoli non si svegliarono per decenni di anni.

Solo Merlino poteva risvegliarli con la sua porzione magica.

Lucifero è il demone principale più conosciuto, il suo nome deriva dal latino e significa «portatore di luce», suo è ogni potere e ogni conoscenza.

Belzebù è una fra le energie più potenti, il suo nome significa «signore» (Bel) «delle mosche» (zebu). Si manifesta con un ronzio simile a quello provocato da una mosca, è interamente distruttivo, combatte i nemici di chi lo evoca.

Belfagor, «Signore della grande voragine», sua è ogni tipo di conoscenza, rivela segreti, sotto il suo dominio sono tutte le scienze occulte.

Merlino e Lord Voldemort

Nel Medioevo ci fu un mago oscuro chiamato Lord Voldemort. In un'altra lingua, Voldemortist vuol dire «Signore del Male» o «Signore Oscuro».

Secondo la leggenda Voldemort cercò di distruggere Merlino, prima dei tempi di Re Artù, incantando la brava gente e corrompendo le persone già malvagie. Molte volte il Signore Oscuro tentò di uccidere il mago Merlino, ma secondo la leggenda, Merlino distrusse Voldemort utilizzando un semplice incantesimo (Petrificus morius!), l'incantesimo della spada rivolta in basso. Voldemort rimase pietrificato all'istante, Merlino lo diede in pasto alla bestia con tre teste (Hydra), la bestia viveva nel lago oscuro degli inferi, dove l'oscurità selvaggia risvegliava lo spirito delle bestie morte. Lord Voldemort non poteva essere risvegliato dalla morte e la sua anima fu dissolta.

Ma non era finita. Mago Merlino utilizzò così un secondo incantesimo per la distruzione dell'anima del Signore Oscuro; spezzò la sua spada e la diede in pasto alla bestia nera, con 7 teste. La bestia dissolse la spada e l'anima di Voldemort ne fu spenta.

Fu così che Merlino si liberò del Signore Oscuro definitivamente.

Merlino e Oz (parte finale)

Merlino, armato di magia, intraprende il viaggio che lo porterà ad affrontare il mago di Oz, il quale vive nelle profondità di una grotta. Merlino deve scendere nelle profondità della grotta alla ricerca del mago, ma non è solo questo, deve scendere nelle profondità di se stesso per trovarsi a tu per tu con i suoi «demoni». Una volta dentro, Merlino sa che deve stare molto attento a non guardare le mura della grotta, irte d'incantesimi.

Trovata la chiave, entrò nella grotta segreta del grande mago di Oz.

Qui si fronteggiano due grandi maghi. Dai poteri antitetici. La forza della natura e la forza oscura.

Merlino usa la magia Ghyran, il vento verde, collegato alla natura, all'acqua, al naturale fluire della vita nel mondo.

Il Mago di Oz usa la magia Ghur, il vento bruno, conosciuto come lo spirito selvaggio e ferale dell'Aethyr. Legato a incantesimi di comunione con le bestie.

Merlino trabocca di vita, utilizza alberi e piante magiche per avvinghiare il campo di battaglia con le sue verdi appendici che stritolano, sbattono e calpestano. Oz, detesta tutto ciò che è vita. Utilizza il veleno e le bestie per estinguere la scintilla vitale degli avversari, per poi riportarli alla non vita, come servi zombi, fedeli e obbedienti. È lo scontro tra due magie opposte, delle quali solo una potrà trionfare.

Il punto di forza di Merlino sono le invocazioni, oltre ai citati alberi tra cui la Quercia del potere, troviamo le orchidee e le ninfee che possono addormentare un nemico, oltre ai rampicanti immobilizzanti e strangolanti, nonché muri di spine. E per finire il mago della natura può invocare il drago guerriero, il suo respiro di nebbia.

Il mago di Oz trae forza nella scuola Oscura. La sua abilità speciale lo rende immune ai veleni e gli permette di infliggere danni diretti a creature avvelenate. Oz può invocare bestie, scheletri, zombi e orchi, nonché, il potente lupo mannaro della grotta.

Tra trappole, galline omicide, zombi, demoni, lupi mannari, ragni giganti e cavalieri neri, Merlino riuscì a conficcare il suo famoso bastone magico a terra ed allargò le braccia, con gli occhi rivolti al cielo, pronunciando le fatali parole magiche che resteranno segrete.

Poi disse: un anello al Re degli Dei sotto il cielo che risplende, un anello per la Quercia che racchiude le porte dell'inferno, un anello per il drago mortale, uno per l'Oscuro Signore nella sua forza devastante. L'incantesimo:

Nella terre di Merlino dove nessuno avrà scampo / un anello per domare / un anello per sacrificare / un anello per sconfiggere e nella notte per incatenarlo / nella terra di Merlino e la fine del mago di Oz!

E con esso, la maledizione Imperius, la Quercia si aprì e attirò a sé il mago di Oz, che fu rinchiuso per l'eternità.

Solo la profezia di mago Merlino e il potere dell'anello di re Salomone, potranno risvegliare la Quercia dormiente e restituire in vita il mago di Oz.

Rituale runico della vittoria di Merlino:

Sowilo, Sole opposto al ghiaccio,

soffia il tuo fuoco ardente per sciogliere gli ostacoli!

Vittoria certa attraverso prove difficili,

e delle intese trasformazioni,

Sowilo, sei fuoco del drago

e delle intese trasformazioni,

Dagaz, runa della chiarezza e della trasformazione,

mistico che converge le opposizioni nella mia forza,

scongiura tutti i demoni delle mie notti!

Elhaz, simbolo universale di protezione,

proteggimi dalla mancanza di abilità della mente

e conducimi alla vittoria!

Anail Nthrock Uthfass Svethtudd Dotchiel Dienve!

Fine 1° viaggio

I racconti di Merlino, Il Mago

RINGRAZIAMENTI

Si ringrazia, ancora una volta, doppiamente,

la disegnatrice freelance Isabella Ferrante, Isa,

per la realizzazione della copertina del libro.

Un tante grazie ancora una volta per la professionalità, la

bravura, e lo stile applicato.

Grazie di cuore!

www.ingramcontent.com/pod-product-compliance
Lightning Source LLC
LaVergne TN
LVHW051542170726
843492LV00006B/1899